TE MERECER
É PARA
QUEM SABE
LUTAR
POR VOCÊ

FERNANDO SUHET

TE MERECER É PARA QUEM SABE LUTAR POR VOCÊ

Crivo

Te merecer é para quem sabe lutar por você © Fernando Suhet, 10/2020

Edição © Crivo Editorial, 10/2020

EDIÇÃO E REVISÃO: Amanda Bruno de Mello

PROJETO GRÁFICO E DIAGRAMAÇÃO: Luís Otávio Ferreira

CAPA: Arthur Rocha

FOTO DO AUTOR: Matheus Ferrero

DIREÇÃO DE ARTE: Haley Caldas

COORDENAÇÃO EDITORIAL: Lucas Maroca de Castro

Dados Internacionais de Catalogação na Publicação (CIP) de acordo com ISBD

S947t	Suhet, Fernando
	Te merecer é para quem sabe lutar por você / Fernando Suhet. - Belo Horizonte, MG : Crivo Editorial, 2020.
	192 p. ; 14cm x 21cm.
	ISBN: 978-65-991776-7-5
	1. Literatura brasileira. 2. Romance. I. Título.
	CDD 869.89923
2020-2457	CDU 821.134.3(81)-31

Elaborado por Vagner Rodolfo da Silva - CRB-8/9410

Índice para catálogo sistemático:
1. Literatura brasileira : Romance 869.89923
2. Literatura brasileira : Romance 821.134.3(81)-31

Crivo Editorial

Rua Fernandes Tourinho, 602, sala 502

30.112-000 - Funcionários - Belo Horizonte - MG

Dados Internacionais de Catalogação na Publicação (CIP) de acordo com ISBD

Elaborado por Vagner Rodolfo da Silva - CRB-8/9410

www.crivoeditorial.com.br

contato@crivoeditorial.com.br

facebook.com/crivoeditorial

instagram.com/crivoeditorial

crivo-editorial.lojaintegrada.com.br

Eu não vou mudar não
Eu vou ficar são
mesmo se for só
Não vou ceder
Deus vai dar aval sim
O mal vai ter fim
E no final assim calado
Eu sei que vou ser
coroado rei de mim

**DE ONDE VEM A CALMA
– LOS HERMANOS**

Dedico este livro a todos
os que não vão desistir de
recomeçar, de renascer e
de se desconstruir. A todos
vocês que não vão deixar de
acreditar que algo bom sempre
pode acontecer, apesar de
todo o mal que te causaram.
Coisas boas acontecem
todos os dias. Que sejamos
motivos para que acreditem
que essas coisas existem!
Quando forem escuridão,
seja luz. Quando forem
tristeza, seja sorriso. Quando
atirarem pedras, ofereça flores.
Quando todo mundo estiver
perdido, seja tudo aquilo o
que não foram para você.

PREFÁCIO

"Te Merecer é pra quem sabe lutar por você" é um livro cheio de faces, de nuances e de lições de vida.

A jornada de Pedro é narrada como um diário inundado de sentimentos e de pureza. Apesar dos traumas, dos medos, das angústias, Pedro não abandona seus princípios e não deixa de ser quem é.

Quem se apegar a esta obra poderá mergulhar em conselhos profundos e recheados de verdades. Conselhos baseados em exemplos e em situações às quais estamos sujeitos diariamente. É interessante perceber o valor que têm amigos e familiares na vida de Pedro e comparar com o valor que damos a essas pessoas nas nossas vidas.

De certa forma, mudamos o olhar sobre quem está à nossa volta, pois vemos, aqui, personagens que se parecem com alguém que conhecemos. Alguns maduros, outros em evolução, mas todos com uma palavra amiga e cheia de amor.

Este é um livro que aquece o coração, que traz visões e verdades que precisamos ouvir e aprender. Estamos diante de uma leitura capaz de nos guiar rumo à evolução e ao amadurecimento.

Assim como em nossos dias, nem tudo é perfeito, nem tudo é fácil, mas sempre poderemos encontrar uma saída se ouvirmos quem nos ama e se olharmos para dentro.

Desejo que, ao ler este livro, você aprenda a reconhecer quem te merece e quem sabe lutar por você.

DAVI AQUINO
(@_daviaquino), escritor e idealizador
da websérie "Em tempo"

TENHA SEMPRE POR PERTO ALGUÉM QUE
NÃO DESISTE DE VOCÊ QUANDO VOCÊ
ESTIVER PRESTES A DESISTIR DE TUDO.

@FERNANDOSUHET

É LINDO QUANDO ALGUÉM FAZ
ALGO POR VOCÊ MESMO SEM
PRECISAR. MAS FAZ, POR VOCÊ.

———————

@fernandosuhet

I

Liguei para o Otávio. Eu precisava conversar. Desabafar. Desabar. Não estava legal. Se eu pudesse te dar um conselho agora, seria este: cultive amigos. Você vai precisar ter para quem ligar quando você estiver se sentindo um merda.

Otávio é aquele amigo-irmão que a vida entrega de presente para a gente e que talvez a gente não mereça tanto. Na verdade, somos um trio. Eu, Otávio e Caio. Fomos criados juntos, na mesma rua, jogamos bola no asfalto até esfolar os pés e minha mãe, Dona Marta, surtar quando eu entrava em casa com os pés pretos de asfalto. Soltamos pipa até o dia ir embora e a noite chegar. Dividimos segredos, conselhos e todo o caos da vida. São os irmãos que me fazem não desistir.

– E aí, cara?

– Que voz é essa, Pedro?

– Será que a gente pode ir ao Bar do Gordo à noite e conversar?

– Cara, devo levar um médico?

– Às 20h? – Tento encerrar o assunto.

– Ok, te vejo lá às 20h.

Desligamos.

Tenho uma sorte danada de poder contar com meus amigos. De poder contar com pessoas que estão do meu lado para o que der e vier. Existem pessoas que fazem nosso caminho mais leve, nos colocam para cima, nos mostram o quanto somos incríveis e nos tornam melhores. Existem pessoas que nos fazem um bem enorme. E como são lindas essas pessoas.

Organizei as ideias para conversar com Otávio. Só faltava organizar o coração. Falar da Duda sempre bagunça a casa. Mas é preciso falar. É preciso jogar para fora todo esse lixo emocional que fica alojado no nosso peito e faz a boca ficar amarga, o estômago doer e a nossa cama, com tudo escuro ao redor, passar a ser o nosso lugar predileto. Eu juro que ainda invento uma fórmula, uma equação ou qualquer bugiganga movida a nada que faça a gente parar de gostar de alguém. Deve ser ótimo. Está aí, a melhor coisa do mundo deve ser não gostar de ninguém. O cabelo não cai, a pele fica boa, o sono fica em dia. Nunca me aconteceu. Mas deve ser lindo.

As horas até o encontro com o Otávio passaram como um filtro da minha vida em *slow motion*. Vi minhas derrotas escancaradas na minha frente me apontando um dedo enorme. Engraçado como o tempo se torna ingrato quando se quer muito uma coisa.

Faltando vinte minutos para as 20h, decido sair de casa e caminhar até o Bar do Gordo. Sigo acompanhado pelos piores caras que eu conheço: meus pensamentos.

O caminho até o bar é uma tortura. Às vezes penso em deixar esse assunto para lá e poupar Otávio das minhas lamúrias, às vezes penso em deixar uma mão me salvar desse abismo que é gostar de alguém.

Chego ao bar e Otávio já está à minha espera.

– E aí, amigão? – Ele diz.

Eu digo apenas um oi e me assento.

– Porra, Pedro! Que energia ruim é essa? Me tremi todo agora. Nota mental: Tomar banho de sal grosso ao chegar em casa.

– Vim aqui para você me ajudar e não para me maltratar. – Digo em tom dramático.

– Para eu te ajudar você precisa falar e não ficar com essa cara de cachorro caído da mudança.

– Ah, cara! Não sei.

– Não sabe o quê, Pedro?

– É a Duda.

– Mas já faz quanto tempo que vocês terminaram? Sete? Oito meses?

– Onze meses.

– É um bom tempo, não é, Pedro?

– Cara, essas coisas não se medem assim. Ainda está tudo bem vivo aqui dentro. As lembranças, os momentos, as risadas, até as brigas bobas permanecem para me lembrarem de como eu podia ter aproveitado cada momento.

– Mas foi ela que decidiu ir embora, Pedro.

– Isso que dói. Uma despedida sem despedida. Sem porquê.

– Cara, por mais que a gente queira muito, às vezes nossas vidas tomam caminhos diferentes. Nem tudo é como a gente quer. Despedidas são ruins, mas é preciso passar por elas e aceitá-las. E, mesmo com o coração marcado com a partida de pessoas que escolheram outro caminho, a gente amadurece, se fortalece, aprende a seguir a vida e a sorrir com ela. É muito maduro aprender a sorrir mesmo quando a saudade no coração pesa toneladas.

– Mas e as lembranças de tudo o que a gente viveu?

– Lembranças boas são feitas para serem carregadas com a gente mesmo, mas e aí? Lembranças são coisas que aconteceram e que talvez não existam mais, mas e o futuro? O futuro não é feito de lembranças, não é feito de apegos e muito menos da falta de quem decidiu seguir outro caminho, uma outra vida longe da gente. A única comparação existente é: viver de lembranças ou dar a oportunidade para alguém fazer seu futuro valer a pena.

– Você está falando da Clara? Mas eu não gosto dela e não vou com a cara dela.

– Não necessariamente, Pedro. Essa pessoa pode ser você mesmo. Inclusive, neste momento, deveria ser. Quando a gente não cura nossas feridas a gente sangra em cima de quem não tem nada a ver com isso, e essa culpa você não vai querer levar para resolver com o seu travesseiro. Tenho certeza disso.

As palavras de Otávio atravessam meu corpo como uma bala perdida que de perdida não tinha nada. Elas sabiam muito bem por onde entrar e por onde sair.

Otávio tinha total razão. Mas quando você está sentimentalmente envolvido parece que a razão se torna um céu que não se pode alcançar. E esse céu é imenso.

– Otávio, será que ela me amou?

– Não sei, Pedro. Talvez seja melhor você não pensar nesse tipo de coisa. Você não precisa se martirizar assim. Você precisa ir embora dessa história. Eu sei que que foi uma história especial. Mas histórias especiais também acabam e essa culpa não é sua. Apesar de ter sido uma história especial, levanta a cabeça, ama essa pessoa incrível que você enxerga no espelho e entende que nós somos muito mais que uma história.

Depois de uma surra de realidade vestida de palavras eu e Otávio ficamos jogando conversa fora, entre alguns goles de cerveja e umas risadas. Fazia tempo que eu não sorria.

OLHA, NÃO DESISTE NÃO. PROMETE? ESTÁ TUDO MEIO ASSIM, DO AVESSO, MAS VAI PASSAR. ISSO TUDO AÍ QUE VOCÊ ESTÁ PEDINDO AOS CÉUS VAI ACONTECER, PORQUE ESSA FORÇA QUE REGE O UNIVERSO CUIDA DE VOCÊ. ESTÁ TUDO BEM PARAR PARA DESCANSAR E TOMAR UM FÔLEGO. MAS NÃO DEIXE DE ACREDITAR. LEMBRA DAQUELA PESSOA QUE ACREDITAVA COM TODO O CORAÇÃO QUE PODIA SER FELIZ? ELA AINDA MORA DENTRO DE VOCÊ.

@FERNANDOSUHET

PROCURE FICAR AO LADO DE QUEM
TE ELOGIA, DE QUEM TE FAZ BEM, DE
QUEM TE FAZ FORTE E DE QUEM FAZ
DE TUDO PARA TE VER SORRIR. QUEM
TE FAZ CHORAR NÃO TE MERECE.

———

@fernandosuhet

II

Quando chego em casa, Charlie me aguarda sentado à porta. Engraçado como esse cachorro parece saber quando eu estou quebrado por dentro.

Faço um afago no Charlie e atravesso a porta em direção à cozinha.

O telefone toca.

O visor do telefone indica: Dona Marta.

Minha mãe parece ter um relógio biológico para ligar nas horas erradas.

Atendo.

– Oi, mãe.

– Oi, filho. Tudo bem?

– Sim. – Respondo, seco.

– Estou te ligando para te chamar para vir almoçar conosco no domingo. Alice virá nos visitar.

Checo rapidamente o calendário pregado com ímãs de pinguins para saber em que dia da semana eu estava vivendo. Era terça-feira. Ainda faltavam cinco dias.

Arrumo uma desculpa rápida.

– Não posso, mãe. Na verdade, acho que não vou conseguir. Tenho uma porção de coisas da faculdade para terminar. Você sabe como é. Final de semestre. Final de curso. Preciso garantir o canudo.

– Poxa, filho. Sua irmã gosta tanto de você. Ela faz tanta questão da sua presença. Quebra essa, vai.

– Vai ter churrasco. – Ouço meu pai gritando ao fundo.

Seu Jorge sempre gostou de reunir a família para um bom churrasco.

– Ah, Dona Marta. Você sabe que eu não suporto aquele cidadão que vocês dizem ser meu cunhado. Algo nele não me cheira bem. O espírito não bate.

– Roberto é uma ótima pessoa, meu filho. Não entendo essa sua birra com o rapaz. E Alice já é bem grandinha pra saber onde está se metendo.

Como se ser grande tornasse as coisas mais fáceis ou as decisões mais convictas. Se minha mãe soubesse o que se passa aqui dentro, toda essa sua teoria seria abolida. Acredito que, com o tempo, a gente amadurece sim, devido a todos os aprendizados presentes nas sucessões de dias que nos trouxeram até aqui. Mas se eu te disser que não faremos escolhas erradas depois de amadurecer, estarei mentindo. E isso tudo nos torna o que somos. Somos nossos caminhos e escolhas. Somos aquilo que aceitamos calados. A soma dos nossos acertos equilibrados por nossos erros. Somos os amores que escorreram pelos nossos dedos sem nos darmos conta. Somos a saudade do que foi bom, o arrependimento do que faz falta e a vontade de ser feliz. Somos nossos sonhos e a imensa vontade de ir além. Somos todo ponto de chegada e partida, o que foi e o que ainda está por vir. Somos os tombos que levamos e a coragem para levantar e tentar de novo. Todo mundo erra, e erra muito! Mas ainda bem que existe o amanhã para gente reescrever nossa história.

– Ok, mãe. Vou pensar.

Desligo.

Não quero ser o chatão da família. Apesar de, provavelmente, carregar esse título há 22 anos. Mas também não quero fazer sala pra quem não me desce. Odeio quando preciso ser legal quando não quero.

Descubro que a desculpa que arrumei para Dona Marta não eram exatamente desculpas. A pia da cozinha está lotada, preciso terminar um artigo para debate em sala e o Charlie está cheirando a uma sardinha nascida em 1880. O que será que esse cachorro fez esse tempo todo que fiquei fora?

Começo a organizar minha vida doméstica. Primeiro pela cozinha. As panelas me olham com olhar de julgamento como um filho olha para um pai depois de ter sido esquecido na escola. Poxa, só faz três dias que elas estão ali, imersas uma sobre as outras, o que, a meu ver, é um tempo totalmente aceitável quando você é uma panela que foi comprada por um jovem universitário, estagiário e movido a macarrão instantâneo.

Charlie também me observa com cara de julgamento, como se estivesse ofendido, como se o que eu disse sobre as panelas também servisse para ele.

Tento agora organizar o meu quarto. Tem tanta coisa acumulada. Livros, roupas, talheres, saudade. Saudade? Eu preciso cuidar disso melhor.

Preciso rever os pontos de um artigo para debate em sala, mas a única coisa que faço é pegar o telefone e vasculhar todas as mensagens antigas de Duda.

Tudo o que Otávio me disse parece ter ido por água abaixo. Como pode uma simples imagem nos derrubar? Sinto o cheiro dela como se ela estivesse aqui. Sinto o bom-dia. A voz de quem acabou de acordar. Lembro-me como se fosse ontem de todas as nossas noites de amor embaladas por nossas músicas preferidas. Além de ir embora, você tinha que destruir também a minha *playlist*? Você acha isso realmente justo? Como se não bastasse ir embora, precisava levar todas as minhas melhores coisas?

Eu me odeio.

Tenho total ciência de que estou me mutilando por dentro. Sabe quando você sabe o que precisa fazer, mas não consegue? Por mais que a cabeça saiba o que você tem que fazer, coração é burro, e o meu parece pós-graduado nessa questão.

Preciso ocupar a cabeça. Tirar esse fantasma que me ronda. Se toda vez que ficar sozinho eu me deixar levar por essas emoções, não vou conseguir seguir meu caminho.

Para não fazer nenhuma merda, decido ligar para alguém. Espero que você também tenha por perto alguém que não desiste de você quando você estiver prestes a desistir de tudo.

– Alô?

– Que honra receber uma ligação de Pedro Lacerda.

– E aí, Caio. Beleza, cara?

– Confesso que estava melhor há quinze minutos, mas tudo bem.

– Por quê? O que estava aprontando?

– Estava com a Paola. Lembra dela?

– Aquela do 7º período de Letras?

– Essa mesmo! Aquela gracinha. Cara, acho que estou apaixonado.

– Caio, você é escroto.

– Oras, por quê? Não fiz nada!

– Essa é a milésima vez que você diz estar apaixonado por alguém em menos de um mês. E é a milésima primeira vez que você sai com alguém EM MENOS DE UM MÊS!

Caio é um cara do mundo, sempre viveu ilusões, desilusões, sonhos e realidades. Ele vive aquilo que a vida lhe proporciona sem medo, sem culpa e sem ressentimentos. O que, muitas vezes, o torna uma pessoa sem apegos. E eu aqui, no meio dessa batalha, por acreditar em tudo o que manda o coração.

– Ai ai, como é difícil ser essa pessoa doce. – Ele diz em tom de deboche.

– Enfim, desembucha, Pedro! Do que você precisa? Já te adianto que não tenho dinheiro, aquela camisa bacana que você acha legal Otávio já pegou emprestada, mas se for um convite para uma cerveja, eu já estou pronto para ir.

Rimos.

– Você é ridículo, cara. Eu não quero nada.

– Então você me liga para querer nada?

– É.

– Você está me achando com cara de telessexo que vai ficar falando coisas no seu ouvido. Só pode! Te conheço há pelo menos uns quinze anos e, quando você liga não querendo nada, já é você querendo tudo.

É complicado tentar enganar pessoas que estão com você. Acho que, de tantos perrengues que passamos juntos, isso é meio que impossível. A energia de quem corre do nosso lado não mente. Eles sempre sabem quando você está pronto para sorrir e quando você está pronto para chorar. E eu posso tentar enganar todo mundo, inclusive eu mesmo, mas meu travesseiro sabe bem sobre quem eu quero falar. Não adianta mentir.

– Ah, cara! Está foda. Sempre que deito na cama eu penso na Duda. Penso em tudo o que aconteceu. Fico inventado porquês para uma despedida. Estava tão saturado que fui com Otávio para o Bar do Gordo agora há pouco, encher ele um pouco com minhas tolices como se ainda fosse um adolescente.

– Ah, então quer dizer que vocês foram no Gordo e não me convidaram? É isso mesmo?

– Sem dramas, Caio. Você estava com a Paola.

– E você acha eu deixaria de ir no Gordo com meus amigos para sair com a Paola?

– Acho.

– Você é um ingrato, Pedro.

– Brincadeira. – Eu digo. – É que não queria incomodar mais de uma pessoa com minhas coisas. Não é uma questão de disputa por preferência de amizade, saca?

– Entendo. Mas não concordo. – Diz Caio com a voz tranquila.

– Amigo, vou te mandar a real. Mas vai doer, eu acho.

– Fala.

– Eu posso te dizer uma porção de palavras, assim como Otávio deve ter feito. E provavelmente entraram em um ouvido e saíram pelo outro, senão você não estaria me ligando. Mas de uma coisa eu sei: se você não fizer as coisas por você, ninguém vai fazer. Então não adianta eu te dizer várias coisas agora se você não as ouvir com o coração e começar a fazer as coisas por você.

– Um soco doeria menos.

– Eu disse que talvez doesse. – Mais uma vez, ele fala em tom de deboche.

– Tudo bem, Caio. Vou pensar nas palavras que você disse e nas que também não disse.

– Se precisar, estou por aqui. E NÃO ME EXCLUI MAIS DOS ROLÊS NO GORDO.

– Ok. Vou tentar.

Desligamos.

Sabe aquele lugar aonde todo mundo que você conhece vai? Que parece que é o único da cidade, onde tudo acontece e tudo se resolve? Você acaba de conhecer o Bar do Gordo.

NÃO PERCA PESSOAS BOAS POR BESTEIRA.
CONVERSE.
SE NÃO GOSTOU DE ALGUMA COISA,
CHAME A PESSOA E FALE O QUE VOCÊ
ESTÁ SENTINDO. FALE, MAS ESCUTE A
PESSOA TAMBÉM. NINGUÉM MERECE
TER NOITES DE INSÔNIA ALIMENTANDO
PORQUÊS E CRIANDO FINS IMAGINÁRIOS.

@FERNANDOSUHET

TER RESPONSABILIDADE AFETIVA
NÃO DEVERIA SER QUALIDADE.
DEVERIA SER OBRIGAÇÃO.

@fernandosuhet

Acordo atordoado no meio da madrugada. Fazia tempo que uma crise de ansiedade não me visitava. O peito aperta. O ar não vem. Uma angústia misturada com tristeza. O corpo treme. As lembranças tomam conta. Da última vez que isso aconteceu, ela estava aqui, me envolvendo nos seus braços e me dizendo:

– Respira junto comigo. Acompanha a minha respiração. Sente a minha mão. Estou aqui com você. Sempre vou estar.

– Você foi uma grande mentira na minha vida, Duda. – Digo em voz alta, para mim mesmo, neste quarto vazio.

Uma lágrima cai. Eu enxugo.

Respiro. Sozinho.

Ouço os passos de Charlie vindo em direção ao quarto. Levanto a cabeça em direção ao relógio que está sobre a cômoda. Ele indica 3h47.

Charlie se aproxima e pula na cama. Apesar do seu cheiro de sardinha vencida, deixo ele se aconchegar nos meus pés. Acho que amizade é isso: deixar o outro se aconchegar, apesar.

É bom te ter aqui, amigo.

Tomo um gole de água. Me recomponho. Adormeço.

O sossego dura pouco tempo.

É final de tarde de domingo. Eu e Duda estamos sentados no parque próximo à Praça Central esperando pelo pôr-do-sol, como sempre fazíamos. De longe, observamos Charlie correndo de um lado para o outro juntamente com os outros cães que estavam presentes ali.

– Adoro esses nossos momentos. Essa paisagem. Esse ar puro. Esse sentimento bom. Eu, você e Charlie. Uma família. – Diz Duda sorrindo de canto de boca.

Apenas aceno com a cabeça, concordando.

Estou feliz. Um sentimento de paz toma conta de mim. Não sei se existe o que chamam de felicidade completa. Mas, para mim, sentado aqui, todo o resto é secundário.

Charlie late sem parar.

PUTA MERDA! ESTOU ATRASADO! TENHO O DEBATE DO ARTIGO NA FACULDADE!

Sonho maldito!

Acordo tropeçando até em coisas que não existem.

Puta que pariu! Puta que pariu!

Esse é o único mantra que eu consigo entoar.

O que houve que o despertador não tocou?

Alguma coisa me diz que ele tocou, mas eu estava ocupado demais sendo enganado por um sonho que eu insisto em querer tornar realidade.

Me lembro como se fosse ontem das palavras do meu pai, Seu Jorge, me dizendo, quando eu estava para entrar na faculdade, que sonhar é o que nos mantém vivos.

Mas será que é desse tipo de sonho que ele falava? Espero que não. Espero que nunca. Porque esse tipo de sonho só me mata por dentro. Eu preciso viver. Sobreviver.

Meu pai sempre foi um bom sabedor das coisas da vida. É um ancestral experiente, como dizem seus amigos. Ele é cuidadoso. Amoroso. Talvez tenha aprendido isso com as flores da sua floricultura, que fica aproximadamente a três quadras de casa.

Corro para não me atrasar mais.

É em vão.

Adentro a porta da sala de aula bufando feito o Charlie após vinte minutos de caminhada.

Nota mental: fazer mais exercícios com o Charlie. Ele é um cachorro, não uma orca.

Minha entrada é interrompida pelo professor Jaime:

– Quanta correria, Pedro Lacerda. Parece até que está atrasado. Ele diz, olhando o relógio de pulso por baixo dos óculos.

– Desculpe, foi um contratempo.

– Então aproveite que o senhor está de pé, bem ativo e com muito vigor, e conte pra gente o que achou sobre o artigo dos grupos subalternos.

É a segunda vez que me dá vontade de morrer em menos de duas horas.

A primeira foi por ter perdido a hora no maldito sonho com a Duda. A segunda vai ser agora. Serei feito de palhaço em praça pública, já que, em vez de ler o artigo, eu fiquei feito imbecil revirando memórias antigas.

– Acho que o artigo visa questionar o colonialismo teórico dos grandes centros e dar voz e lugar àqueles que são silenciados pelo poder hegemônico.

Tento uma tacada de sorte.

Subalterno não é um termo estranho para um jovem universitário que cresceu no subúrbio antes de se mudar para o centro da cidade.

– Muito bem, Pedro. – Diz o professor Jaime com cara de satisfação.

Meu corpo é tomado por dopamina.

Que sensação ótima.

– E você, Marcelo? O que achou do artigo? – O professor dá continuidade ao debate.

Me acomodo em uma das carteiras vazias. Nunca vi o 10º período de Direito tão cheio. Depois de cinco anos juntos, ainda tem rostos que eu nunca vi. "Todo mundo desesperado para formar, não é mesmo, seus danadinhos?", penso comigo.

Decidi que queria ser advogado quando tinha por volta de uns sete ou oito anos de idade e estava no colégio. A Ana estava chorando porque ela disse que gostava do Caio (sim, o meu amigo Caio) e ele disse que nunca a beijaria, porque ela era feia. Escrevi um bilhetinho e deixei dentro do caderno da Ana: "Não chore, alguém um dia vai gostar de você também e vai ser do jeito que você merece."

No outro dia o sorriso dela iluminou o mundo inteiro.

Nesse dia, quando voltei para casa, perguntei para o meu pai:

– Papai, por que as pessoas são injustas umas com as outras a troco de nada?

– Por ego, por falta de empatia, por achar que o mundo gira em torno só do seu próprio nariz. É uma infinidade de coisas, Pedro.

– E o que eu posso fazer para reparar o erro das pessoas?

– Seja gentil sempre. Agora, se for perante a lei, diria que um advogado pode reparar muita coisa. Mas você é uma criança, talvez não seja hora de pensar nisso.

– E eu posso ser advogado, pai?

– Você pode ser o que quiser, Pedro. Só não fique com a ideia ilusória de ser um advogado para ser alguém na vida. Todo mundo é alguém na vida. Todo mundo importa. Seja o que você quiser para mudar o mundo para melhor, e não para se achar melhor que todo mundo. E veja bem: a justiça às vezes é injusta. Não se corrompa.

"A justiça às vezes é injusta. Não se corrompa."

Carrego essa frase comigo como um lema.

E cá estamos, anos depois, dentro de uma sala de aula, prestes a me tornar o que sempre quis.

A aula se arrasta a passos lentos e o que eu não dormi durante a noite começa a fazer efeito.

Tento me concentrar, mas é em vão. O que me resta é o duro caminhar das horas. Desfaleço mais um pouco ao me lembrar que ainda tenho que cumprir minha carga horária de estágio no escritório do Sr. Zuba. Não pelo Sr. Zuba, porque ele sempre foi muito gentil e atencioso comigo. Mas festejo ao lembrar que falta pouco mais de uma semana para o término da minha carga horária. Hoje eu só queria dormir.

Por ação dos céus, o professor Jaime termina a aula mais cedo. Será que o todo poderoso lá de cima decidiu ajudar esse mero mortal universitário movido a macarrão instantâneo? É bom se sentir querido por alguém.

Começo a caminhar até em casa.

Passo pela sorveteria da esquina da rua da faculdade, da qual eu e Duda éramos frequentadores assíduos. Mais uma vez as lembranças invadem minha cabeça. Assim são as coisas. Outro dia estávamos aqui, olhando um no olho do outro. E nesse exato momento, parado aqui em meio a tantas pessoas, esses olhos vieram logo na minha frente. Os mesmos olhos castanhos que insistem em atravessar minhas ruas, avenidas e sonhos. Outro dia estávamos aqui. Hoje não mais.

Decido, já que estou com um pouco de tempo, passar na floricultura do meu pai para tentar ocupar a cabeça.

De longe já avisto Seu Jorge mexendo em alguns mudas na entrada da loja. Quando ele me vê, abre um sorriso que, se não fosse o sorriso de Duda, poderia ser o sorriso mais bonito que já vi.

– Meu filho, que felicidade te ver por aqui. O que está aprontando?

– Nada demais, pai. Um dos professores liberou a turma mais cedo hoje.

– Mas você vai se formar daqui a alguns meses. Isso é hora de sair mais cedo?

– Está tudo bem. Hoje foi só a discussão de um artigo para as provas finais. Foi bem proveitoso, apesar de não ter sido uma aula inteira. – Digo como se tivesse prestado atenção na aula.

– Entendi, meu filho. Estamos muito orgulhosos de você.

– Também estou, pai. Foram muitos perrengues para chegar até aqui. Mas estou feliz pelo caminho que trilhei e pelas pessoas que trilharam ele comigo. Elas também fazem parte dessa vitória.

Sou muito privilegiado por ter nascido nessa família. Meus pais abdicaram de muita coisa para que não faltasse nada para mim e para Alice. E digo não só sobre ter o que comer na mesa, mas também falo sobre educação, honestidade, integridade, solidariedade e, principalmente, empatia. Eles sempre nos pediram para nunca esquecermos dos efeitos que causamos na vida do próximo.

Eu não aprendi a ler no colégio. Quem me ensinou foi meu pai. Mesmo tendo só o colegial, ele me ajudou. Mesmo com o pouco que ele sabia, ele me ensinou. Minha mãe, Dona Marta, sempre teve o dom de pintar, mas, na época em que morávamos no subúrbio, não dava para ficar comprando os materiais para pintura. Então, enquanto meu pai vendia mudas de plantas de porta em porta na sua velha van, minha mãe vazia um bazar beneficente na garagem de casa. Mesmo com pouco, ela queria ajudar. Me lembro como se fosse ontem de um dia, ainda criança, em que eu andava com meu pai pelo centro da cidade em busca de sementes para plantio. Eu disse a ele que estava com fome. Paramos em uma lanchonete e ele me perguntou o que eu queria. Eu escolhi um salgado. Quando entramos no ônibus para voltar para casa, havia uma criança que não parava de olhar. Então meu pai disse:

– Dá um pedaço para ela.

Eu não quis.

Ele pegou o que restava do salgado das minhas mãos e deu para a outra criança. Eu chorei como se não houvesse amanhã. Quando terminei, meu pai disse:

– Às vezes algumas pessoas precisam escolher entre pagar o bilhete do ônibus ou comer.

Naquele dia eu aprendi a repartir.

A cada dia tenho um ensinamento novo vindo dos meus pais.

Meu pai puxa uma cadeira e pede para eu me assentar.

– Estou te achando um pouco para baixo, Pedro.

Penso em desabafar também com o Seu Jorge, mas acho melhor poupá-lo disso. Afinal, Duda resolveu ir embora logo quando eu resolvi apresentá-la à minha família, só faltava ligar para a minha mãe para combinarmos a data. Prefiro deixar para choramingar com Otávio e Caio. Eles me entendem. Não que meus pais não me entendam. Mas já passei vergonha demais.

– Não é nada demais, pai. É só a preocupação com o final do curso e com o discurso que vou fazer para a solenidade. Preciso pensar no que falar.

– Que legal! Deixa o seu coração falar que vai dar tudo certo.

– Se for assim, só vai ter "Duda" escrito no papel. – Penso comigo.

– Pai, como você conheceu a mamãe? – Tento mudar o rumo da conversa.

– Pedro, conheci sua mãe no colégio. Ainda éramos muito jovens. Tínhamos amigos em comuns. Depois de algumas festas e conversas, passamos a nos conhecer melhor. Sua mãe era uma garota que não se encaixava nos padrões de beleza que a sociedade impunha, apesar de ser linda e de ter vários garotos bajulando- a. Era o tipo de garota linda que não tinha a beleza como aquilo de mais bonito. Ela não se importava com roupas caras ou com ir ou não nas melhores festas da região. Ela não se importava em virar a noite para ajudar alguém. Uma garota que sempre foi verdadeira com os seus. Que sempre quis o bem para todas ao seu redor, sempre sendo grata a todos os que estavam com ela. Foi isso que me chamou atenção. Certo dia, no intervalo entre uma aula e outra, encontrei Marta sentada em um dos corredores do colégio, lendo um livro. Aproximei-me e elogiei seu perfume que, na verdade, eu já estava sentindo desde quando estava a vinte passos dela. Ela olhou para mim com um brilho nos olhos e agradeceu. Aquele brilho mudou o meu mundo. Sentei-me ao seu lado, começamos a conversar e descobrimos que tínhamos muito em comum, de comidas até músicas. Começamos a nos falar com mais frequência e as coisas iam cada vez melhores. Trocávamos bilhetes e olhares todos os dias. Até que a convidei para sair. Temos como resultado você e Alice.

Peguei-me pensando em como minha mãe, essa mulher lindamente descrita pelo meu pai, podia reclamar tanto por um pé de meia fora do lugar. Deve ser culpa do tempo, deve ser...

– Que maneiro, pai. Queria também ter tido um amor de adolescência que durasse até hoje.

– E como está esse coração, meu filho?

– Às vezes feliz e às vezes desacreditado. Mas continua batendo dentro desse velho peito.

– Isso tem a ver com essa cara de criança que não ganhou chocolate no mercado?

– Não, pai. Já disse que não é nada. Preciso ir, senão vou me atrasar para chegar no Sr. Zuba.

– Ok, Pedro. Muito cuidado pelo caminho.

– Tudo bem, pai.

Nos despedimos com um abraço.

VOCÊ NÃO DEVE SE SENTIR TRISTE POR
SER INTENSO, MUITO MENOS ACHAR
QUE VAI FICAR SOZINHO POR ISSO. A
INTENSIDADE NÃO É UM ERRO. ERRADO É
ILUDIR, ENGANAR E FERIR O SENTIMENTO
DO OUTRO. NINGUÉM É BOBO POR
SER INTENSO. BOBO É QUEM PERDE
A PESSOA INCRÍVEL QUE VOCÊ É.

@FERNANDOSUHET

VOCÊ NÃO PRECISA SE CULPAR POR
TER SIDO MUITO PARA ALGUÉM
QUE FOI TÃO POUCO PARA VOCÊ.

—————

@fernandosuhet

IV

No caminho até o Sr. Zuba eu encontro Caio, andando apressado pelas ruas.

– Grande Caio Macedo. – Digo em tom de ironia.

– E aí, Pedroca cara de paçoca?

– Cara, você age como se tivesse dez anos.

– E você age como se tivesse cinquenta.

– Aonde você vai com tanta pressa? Não me diga que vai fazer mais uma vítima dessa sua sedução barata de cafajeste amador?

– Isso, humilha mesmo quem te ama. Quem daria a vida por você.

– Sem dramas, Caio.

– Estou indo para a faculdade e, por sinal, atrasado. Tenho uma atividade avaliativa no segundo tempo.

– Hum, entendi. Vai precisar do meu boa-sorte?

– Acho que não. Me preparei bem. Mas toda sorte é válida.

– Então boa sorte, projeto de cafajeste amador.

– Valeu.

Nos despedimos.

Depois de alguns passos, escuto a voz de Caio:

– Ei, cara. Na sexta a galera está marcando de ir no Gordo beber umas. Vê se aparece. Ou melhor: está intimado. Passo na sua casa para irmos juntos.

– Vou pensar. Eu digo.

– Até!

Talvez passar uma noite com a galera seja bom para dar uma distraída nesse coração trouxa que habita no meu corpo. Nem lembro mais qual foi o último porre que tomei na vida. Precisamos renovar isso.

Mal entro pela porta do escritório, o Sr. Zuba me pede para pegar alguns processos que estavam parados no tribunal e levá-los até a sua mesa.

– Agora traga-me um café. – Ele diz.

– Aproveite, Sr. Zuba. Logo vai ficar sem os meus cafés.

– Nem me lembre que isso já me dá uma tristeza, Pedro. Nunca vou achar outro estagiário que faça um café tão bom quanto o seu. – Ele diz, dando risada.

As horas no escritório do Sr. Zuba passam rápido como se fossem a minha vida amorosa. É hora de ir para casa.

Charlie me aguarda deitado na soleira da porta, como sempre ao longo desses quinze anos em que ele está comigo. Charlie chegou na família quando ainda morávamos no subúrbio. Lembro-me bem do dia em que voltava do colégio e esse vira-lata insistiu em me acompanhar por entre becos e vielas até em casa. Não sei o que esse maluco viu em mim para estar aqui até hoje. É de longe meu relacionamento mais duradouro. Já diria o sábio: "Felizes os cães, que pelo faro descobrem os amigos."

– Ei, amigão. – Faço um afago na sua cabeça.

– Putz! Tinha me esquecido de como você está fedendo a sardinha velha. No final de semana você não escapa do banho, ok?

Charlie me olha com uma cara de desdém que só um vira-lata rabugento sabe fazer. Espero mesmo que Charlie tenha sido feliz nesse tempo em que está aqui. Porque eu fui.

Passo o resto do dia terminando alguns afazeres domésticos que incluem lavar o banheiro, lavar as louças e tirar a poeira dos móveis. Desde que saí da casa dos meus pais, há quatro anos – após já estar há um ano na faculdade –, as coisas têm sido pesadas, os dias têm sido curtos, mas o tanto que eu cresci e amadureci com todas essas coisas que envolvem cuidar de uma casa, do meu cachorro e de mim eu não trocaria por nada nesse mundo. É gratificante quando você olha para trás e enxerga, no seu presente, todas as suas conquistas. É emocionante saber que, apesar de todos os perrengues, a gente pode, sim, dar conta de tudo. Acho que o que faz toda a diferença é encarar o caminho que você escolheu sem reclamar da rotina exaustiva. Não romantizo o meu cansaço. A vida é sobre quem você se torna na sua caminhada.

Termino meus afazeres, tomo uma ducha, como um misto-quente e vou me deitar.

Acordo assustado no meio da noite.

Olho para o lado e percebo que o sonho era real. Duda não estava ali.

A lembrança dela parada junto ao sofá da sala ainda me dói. Me dói por saber que ela foi embora com a explicação de que não daríamos mais certo. Uma explicação sem explicação. Sem porquê. Um porquê que hoje me parece muito pequeno perto da falta que eu sinto. O sentimento me faz egoísta. Ele não me faz raciocinar direito. Não me deixa entender que a única explicação é que eu não tenho que procurar os porquês. Se ela foi embora, foi simplesmente porque quis ir. Mas me sinto perdido sem o sorriso que mudou minha maneira de encarar a vida.

Ainda não tive coragem de tirar a toalha que ela usava do guarda-roupa. Aquele pedaço de cheiro da pele de Duda a mantém viva em mim. Sinto-a aqui na mesa do café, correndo para não queimar a torrada, contando sobre seu dia, suas bobagens e vontades absurdas. Minha dor repousa na vontade de vê-la ali, sentada, olhando para o nada, roendo as unhas. Procuro em cada canto da casa por suas manias e por seus cabelos pelo chão. Quero vê-la deitada, fechando os olhos, fugindo do tempo. O mesmo tempo que está entre a gente.

O último abraço na sala ainda está presente, assim como sua voz dizendo que eu era uma pessoa especial e que isso passaria em um estalar de dedos.

Especial é só uma palavra bonita dita por quem não sente o que diz.

Ali minha noite de sono acabou. Passo o restante das horas em claro, me achando a pessoa mais idiota do mundo. O que está havendo, Deus? Por que esses sonhos agora? Eu só quero ter uma noite de sono tranquila. Livre de qualquer vestígio do passado. É pedir muito?

Jogo para os céus uma culpa que talvez seja totalmente minha. Insisto em sentir falta de alguém que se foi sem se importar um minuto sequer com o que eu sentia quando ela era uma das melhores coisas que eu tinha. Alguém que pegou uma linda história, amassou e descartou na lixeira mais próxima. Não importa o quanto você seja carinhoso, leal e recíproco. Algumas pessoas simplesmente não vão se importar com isso.

Mas será que é tão errado me sentir assim? Será que não é isso o que me torna humano? O que me torna *eu*?

Quem foi que inventou isso que ser maduro – e durão – é saber controlar ou calar os nossos sentimentos?

Talvez, para mim, amadurecer tenha muito mais a ver com ter honestidade e coragem o suficiente para admitir os próprios sentimentos para si mesmo e para o mundo. Não é sobre ignorar as próprias chateações e toda a merda que fazem com a gente. Eu só não quero desacreditar no amor por causa de pessoas que passaram na minha vida. O amor é bonito e não faz – ou, pelo menos, não deveria fazer – ninguém sofrer. O que faz a gente sofrer é o que algumas pessoas andam fazendo com o amor.

Acho que estou ficando maluco.

EU SEI QUE ESTÁ DIFÍCIL. MAS, OLHA, VOCÊ CHEGOU ATÉ AQUI E VENCEU TODOS AQUELES DIAS EM QUE PENSOU EM DESISTIR. SIGA FAZENDO COISAS BOAS PORQUE SEU CORAÇÃO É ASSIM. VOCÊ É IMPORTANTE, VOCÊ É INCRÍVEL E MERECE SORRIR TODOS OS DIAS. TUDO O QUE EU SEI É QUE VAI FICAR TUDO BEM.

@FERNANDOSUHET

> CORAÇÃO É CASA DA GENTE. OU VOCÊ PEDE A PESSOA PARA LIMPAR OS PÉS DA COVARDIA E DEIXAR TODA A SUJEIRA LÁ FORA ANTES DE ENTRAR OU SEMPRE VAI TER QUE ARRUMAR A BAGUNÇA DEPOIS QUE ELA SAIR.
>
> @fernandosuhet

V

Os outros dias da semana se passam entre a faculdade, o escritório do Sr. Zuba, limpezas na casa, preparação para as provas finais e momentos tampando o nariz ao passar perto de Charlie.

Faz dois dias que os sonhos não me assombram. Quando isso passar eu vou sorrir e comemorar sem saber o porquê. Vou convidar todos os meus amigos, que não vão entender nada. O Charlie vai passar um ano tendo o cheiro que ele quiser e vou pedir desculpas por todas as vezes que eu o acusei de fazer traquinagem sem saber se era mesmo ele. Vou começar a correr todos as tardes livres. Sejam elas de inverno, primavera, verão ou outono. Vou desamarrar a minha cara de mau humorado pelas manhãs. Vou cumprimentar e abraçar todos os velhinhos que impedem a minha passagem pela calçada quando estou mega atrasado para a faculdade. Vou sorrir para todos os meus professores e lembrá-los do quão lindo e importante é o trabalho deles. Vou visitar todos os enfermos possíveis dos hospitais nos arredores da cidade e dizer que tudo isso vai passar. Vou escrever cartas sem remetente e deixá-las nos bancos das praças. Vou marcar presença em todas as festas para as quais me convidarem e também nas festas para as quais não me convidarem. Vou festejar em todos os bares e botequins. A cada esquina ouvirão o nome do jovem que está espalhando a sensação libertadora de ter esquecido um alguém.

De cara para o espelho, contemplando um sorriso que há muito tempo não aparece por aqui, me pergunto:

– Você precisa mesmo esquecer alguém para ser gentil assim? Onde ficam os ensinamentos que você teve do mundo durante esses vinte e dois anos?

O meu eu interior me dá um tapa na cara. Não sei se isso acontece com todo mundo, mas às vezes aparece uma nova versão dentro da gente que dá vontade de mimar o dia inteiro só pra ela não ir embora. Quanta sensatez. "Hoje é dia de ter a tarde livre do escritório do Sr. Zuba, então por que não começar a correr hoje?", me pergunto.

– Vamos, Charlie?

Ele, esticado no chão da sala, apenas levanta parte da cabeça e volta a se deitar.

Cachorro preguiçoso.

– Ok! Vou sozinho.

Vasculho a bagunça do meu guarda-roupa até encontrar meus fones de ouvido. Meu par de tênis de corrida se encaixa perfeitamente no meu pé, macio como se dissesse: "Que saudade eu estava de você."

Coloco meu pé direito na calçada e inicio os movimentos. Não sabia que todos viriam comemorar meu primeiro dia de corrida do século. A rua está cheia. Pessoas me veem e vão me cumprimentando como se fôssemos amigos há décadas. Não nego: me sinto acolhido. As ruas têm cheiro de dama-da-noite, o que me distrai do caos da cidade. Eddie Vedder, com sua voz inconfundível, é o combustível que alimenta as minhas pernas. Nas sacadas de casas antigas não é difícil ver senhorinhas como espectadoras de uma vida que corre rápido aqui fora. O sol começa a sumir, dando lugar a um céu onde é possível se perder contando as inúmeras estrelas que não param de piscar. As luzes dos postes se confundem em meio à nevoa de poluição emitida por casas, carros e indústrias. Começo a correr cada vez mais rápido. A cada passo, a sensação de que algo ficou para trás no meu retrovisor imaginário. O cronômetro do meu relógio avança ansioso, como se fosse perder um instante futuro, mas ao meu redor nada muda. Nos olhos de quem cruza o meu caminho enxergo os meus próprios olhos com lembranças mal resolvidas. Não importa o quanto essas lembranças me quebram, é a vontade da alma que me mantém vivo. E é bom estar vivo.

As pernas cansam. Compro uma garrada de água e sento-me em um dos bancos da Praça Central. Observo ofegante e atento as coisas ao meu redor. No semáforo do cruzamento à minha frente, enxergo uma criança que vende balas. Já é noite. Observo curioso o seu ir e vir por entre os carros, até que ele decide, por um instante, se dar ao luxo de descansar e vem se aproximando dos bancos da Praça Central. Ele não me parece estranho.

Quando se aproxima o bastante, consigo identificá-lo. É o Vitinho. Um dos moleques da quebrada onde fui criado antes de vir morar no Centro.

– E aí, carinha? O que faz aqui embaixo até essa hora? –Pergunto.

– Oi, tio Pedro. Já faz tempo que não te vejo lá na área.

– Pois é, camaradinha. O tio aqui anda meio ocupado com algumas coisas. Você não respondeu minha pergunta. O que faz aqui essa hora?

– Quem tem fome não tem hora nem dia pra trabalhar, tio Pedro.

Uma faca invisível atinge meu coração e um sentimento de realidade trava a minha garganta.

Eu também já fui criança. E, como toda criança criada no subúrbio, muitas vezes eu tive que adaptar os meus sonhos. Mas desistir deles? Nunca. O mundo do lado de fora da minha casa era o nosso parque de diversões. Às 7h já tinha uma molecada soltando pipa na laje e uma outra molecada correndo pelos becos para pegar as pipas que caíam do céu. Às 21h, quando saía para buscar um refrigerante para o jantar, não era difícil ver outra molecada batendo bola na rua e receber um convite: "E aí, cara! Tá faltando um no time, tá a fim de completar?" Não hesitava em deixar o refrigerante em um cantinho, tirar o chinelo e colocar os pés no asfalto. Podia ser uma única partida, mas era a nossa final de Copa do Mundo. Valia a pena chegar em casa todo estabanado com os pés pretos e ainda levar uma bronca do meu pai. A gente era feliz. Certa vez, ao me levar na escola primária, minha mãe me disse: "Você aprendeu o caminho? Amanhã você vai precisar vir sozinho." Eu não só aprendi o caminho como, depois de alguns anos, quando nos mudamos para o Centro, continuei indo para a mesma escola por um ano, andando alguns quilômetros de bicicleta. Eu não queria abandonar meus amigos. Tínhamos prometido: "Amigos para sempre? Amigos para sempre!" Toda distância é curta perto da vontade de estar perto do que nos faz bem. Eu era uma criança de dez anos. Ali, aos dez anos, enquanto alguns já sabiam duas línguas e colecionavam viagens para o exterior, a gente precisava saber a linha do ônibus. Hoje eu ainda sou uma criança quando olho para o Vitinho ainda tão jovem e tão cheio de sonhos que só Deus sabe se serão realizados.

O tempo de um sonho às vezes dá lugar a outras prioridades.

A realidade, para muitos, é dura.

– Mas você tem razão, tio Pedro. Já está um pouco tarde. Preciso voltar pra casa.

Ele me diz com cara de exaustão.

– O que você acha de comermos um hot dog antes de você ir?

– Acho o máximo!

A fome sorri em seu rosto tão jovem, mas já marcado pelas marcas da vida e do tempo.

– Então me espere sentado aqui no banco que o tio Pedro já volta.

Vou até o carrinho parado no meio da Praça Central e peço dois hot dogs: um para comer na hora, outro para viagem. O vendedor prontamente me atende com muita educação.

Levo os hot dogs até o banco onde Vitinho me aguarda. Entrego-o um dos hot dogs e ele o devora.

– Você não vai comer, tio Pedro?

– Não. Estou sem fome.

– Entendi. Vai levar esse daí pra comer na sua casa, não é?

– Não. Este aqui é pra você levar para comer em casa amanhã ou quando quiser. Só não pode deixar estragar.

Seus olhos sorriem.

– Vamos, já está tarde. Vou te acompanhar até perto da sua casa e depois volto para a minha. Charlie deve estar preocupado.

Vitinho agradece e seguimos o caminho até a sua casa contando histórias da nossa quebrada e dos moradores que ainda residem por lá.

Saudades de tempos bons são coisas para serem guardadas dentro do travesseiro para ver se vez ou outra a gente sonha com elas.

Deixo Vitinho perto da sua casa e começo meu caminho de volta. O dia foi de bastante aprendizado. Percebo que não importa o quanto a minha idade avança. Ainda tenho muito o que aprender.

Chego em casa e dessa vez Charlie não está me esperando na soleira da porta. Será que ele está aborrecido ou fugindo de mim por causa do banho do final de semana?

– Não adianta fugir e muito menos fingir que não me conhece, Charlie. Desse final de semana você não passa. – Digo para ele, que ainda está estirado no meio da sala.

Pego a toalha que está esticada na lavanderia e entro na ducha. A água corre pelo meu corpo varrendo tudo, como se fosse um banho de chuva desses que lavam a alma.

Me alimento, estudo para as provas finais, organizo parte do meu guarda-roupa que tinha deixado de pernas para o ar ao procurar meus fones de ouvido e me aconchego na minha cama. Ela nunca esteve tão aconchegante nos últimos dias. Quando o coração começa a ficar tranquilo, parece que tudo ao redor muda. Prometo para mim que amanhã darei um jeito no restante do guarda-roupa.

Durmo um sono que não me acompanhava há dias.

Ao abrir os olhos e acordar, meu primeiro pensamento é a promessa de terminar a arrumação do guarda-roupa. Me levanto e me deparo com um papel amassado aos meus pés.

Abro-o. Ele tem os seguintes dizeres:

"Percorri muitos caminhos, entre certos e errados, mas foi te encontrar em meio ao caos de amores que são descartados como papel amassado que me fez acreditar que existem pessoas dispostas a amar verdadeiramente e que o amor sempre vale a pena. O amor é gentil, cuidadoso, companheiro e aceita as diferenças. Amor é oração, é dizer que vai ficar tudo bem, é fazer de tudo para ficar tudo bem, é abdicar de uma briga boba e ganhar um abraço de muito obrigado por fazer parte da minha história. Essa é a história que passa diante dos meus olhos: um sonho que agora é realidade. A história que meu coração me conta todos os dias, a história de viver todas as coisas bonitas proporcionadas pelo amor em forma de uma pessoa. Enquanto alguns acham que o amor acabou, virou bobagem, você me ensinou que bobagem é não amar, não se entregar, não viver os bons momentos que o universo proporciona apenas por medo. Mas com você o medo não existe, você me faz acordar todos os dias vivendo a certeza de que encontrei alguém que vai remar o barco junto comigo, dividindo alegrias, choros, perrengues e, acima de tudo, dividindo sorrisos de momentos felizes. Você me motiva! Das coisas que eu sou agora, muitas delas eu devo a você, e nunca me esqueço de dobrar os meus joelhos para agradecer. Obrigado por ser essa pessoa tão incrível! Esse é apenas o começo do resto das nossas vidas."

As lágrimas se misturam ao papel. As mãos tremem. O estômago embrulha. A boca fica amarga.

Acabo de ler a primeira carta que Duda me deu.

O coração que começava a trilhar os caminhos da paz, da tranquilidade e da calmaria volta a se contorcer dentro do meu peito.

Uma porção de palavras bonitas vestidas de vazio e de ausência. Volto a me sentir um lixo.

Você vai se apegar a coisas que não são reais. Vai idealizar e acreditar em palavras vazias. Algumas pessoas vão dizer que te amam, mas não vão fazer você conhecer o amor.

VAI SOBRAR MUITA VONTADE DE SABER COMO VOCÊ ESTÁ, DE SABER QUAL FOI O SEU DIA MAIS FELIZ, QUAL O SEU RISO MAIS BONITO, QUAL É A SUA NOVA MÚSICA PREFERIDA, SE VOCÊ ANDA SE CUIDANDO DA ALERGIA E DE GENTE MAL-RESOLVIDA. ESPERO E DESEJO COM TODA A FORÇA DO MUNDO QUE VOCÊ ENCONTRE ALGUÉM QUE TE QUEIRA BEM. DESEJO ATÉ QUE, SE AQUELA MÚSICA PARA A QUAL DEI O SEU NOME TOCAR, VOCÊ TIRE OS SAPATOS PARA DANÇAR, OLHE NOS OLHOS DE ALGUÉM E DECIDA FICAR, ASSIM COMO EU QUIS UM DIA.

@FERNANDOSUHET

> DEUS, EU TE PEÇO: O QUE FOR PARA SER, QUE SEJA BONITO E INTENSO. MAS O QUE NÃO FOR PARA SER, POR FAVOR, TIRE DO MEU CORAÇÃO.
>
> ———
>
> @fernandosuhet

VI

A leitura da carta mexeu comigo. Ainda mais porque foi assim, meio sem querer. Não estava psicologicamente preparado. Apesar de alguns objetos que ainda lembram Duda estarem espalhados pela casa, ler essas linhas com tanto sentimento em forma de palavras me deixou abalado.

Volto para a cama e permaneço ali por horas.

Aproveito o dia livre da faculdade para ficar remoendo as coisas no meu quarto escuro, quando deveria estar estudando mais para as provas finais. Envio uma mensagem com dor no coração para Marcela, a secretária do Sr. Zuba, avisando que não estou passando bem e que não iria ao estágio.

É impressionante como algumas coisas nos deixam inertes.

Passo o restante do dia alternando meu corpo em várias posições na cama. Não sinto fome. Não sinto sede. Não sei que horas são. O escuro do lado de fora da minha casa se confunde com o do meu quarto e mais ainda com o escuro dentro de mim.

A única luz existente é a das estrelas, que enxergo de longe pela janela do quarto. É para elas que eu peço. Faço um pedido de quem se sente cansado, desses pedidos bobos nos quais a gente insiste em acreditar. Eu não sei explicar, nunca fui bom nessas coisas. Mas peço para ser forte o suficiente para remexer na caixa de memórias sem dor alguma. Sempre fica uma lembrança. E para que eu possa seguir, eu só quero que fiquem as boas, que não causam dor. Só quero ter uma saudade bonita que não traga mágoas nem tristezas. Talvez tenha um amor sentado ali na esquina me esperando passar. Sem dor, sem mágoas e sem lembranças mal-resolvidas. Cheio de sonhos, de recomeços; sorrindo, sentindo.

Minhas preces são interrompidas pelo barulho de alguém batendo à minha porta. "Mas a uma hora dessas?", me pergunto.

Hesito em abrir. Volto o meu corpo de barriga para cima e cubro o rosto com o edredom.

Ouço novamente as batidas, agora com um pouco mais de força.

– Não respeitam mais o luto sentimental das pessoas. – Digo.

Decido me levantar e verificar antes que derrubem a porta.

Abro a porta e me deparo com Caio.

– Caramba, Pedro! Você está um trapo. O que houve?

– Apenas consequência de um mau dia. O que faz aqui a essa hora?

– Não tínhamos combinado que eu passaria aqui para a gente ir no Bar do Gordo com a galera?

– Putz! Me esqueci completamente.

– Então tira essa cara de noiva cadáver e vamos.

– Cara, não vai dar.

– O que está havendo, Pedro? Eu só te vejo derrotado. Vamos viver, cara!

– Vamos viver. Mas outro dia, hoje não.

– Eu não arredo o pé dessa porta enquanto você não vier comigo ou me dizer o que está acontecendo. E me deixa entrar, porque está frio aqui fora, se você ainda não percebeu.

Dou o espaço de um corpo e Caio passa porta adentro.

– Ei, Charlie! Vejo que você não está cuidando direito do seu pai. Olha essa cara de cachorro caído da mudança. Sem ofensas, Charlie. – Diz Caio fazendo um afago no Charlie, que pouco dá atenção para o que ele diz.

– Aceita um café? Uma cerveja? – Pergunto.

– Não. Aceito saber o que está acontecendo.

– Que bom, porque o café é de ontem e a cerveja está quente.
– Pego a carta que li horas antes e entrego para o Caio.

Ele pega a carta das minhas mãos com um olhar curioso e se põe a ler atentamente.

Observo de longe, sentado na poltrona. Parece que Caio lê e relê tudo com muito cuidado.

Ao terminar, ele pergunta:

– De quando é essa carta?

– Foi a primeira carta que ela me deu.

– Então isso já faz algum tempo, certo?

– Não sei. Coração não entende de ser relógio quando só quer bater em saudades.

Mas no fundo eu sabia quanto tempo tinha aquela carta. O que eu não queria era concordar com Caio que já fazia algum tempo.

– Cara, você precisa sair dessa. Precisa sair desse fosso em que você entrou. Você precisa lutar.

– Estou tentando. Estava superbem esses dias até encontrar, por acaso, essa carta.

– Não, Pedro. Acho que você não está tentando com todas as forças. Acho que você está forjando um esquecimento no qual nem você acredita. Olha essas coisas todas que estão aqui a nossa volta. Até eu sinto a presença da Duda aqui. E, cara, ninguém mais sabe dela. Ela simplesmente desapareceu. Não existe mais o número de telefone que ela usava. Ninguém sabe de rastros dela, nem na faculdade. Você não pode ficar parado no tempo esperando algo que simplesmente não existe mais.

– Não estou esperando.

– Ah, não?

– Não.

– Que ótimo. Então toma uma ducha, veste uma roupa e vamos sair.

– Não vai dar.

– Você se autossabota demais, Pedro. Está escancarado na sua cara que você espera.

Tento enganar todo mundo, mas meu coração sabe bem o tanto que ele espera.

– Vai ficar tudo bem, Caio. Eu só preciso de um tempo sozinho para digerir algumas coisas.

– Tudo bem. Vou ligar para o Otávio e encontrar com ele lá no Gordo. Não estou acreditando que você vai perder esse encontro da galera.

– Pois é. Acho que vou. Se eu for vai ser pior. Não serei o Pedro que vocês conhecem.

– Como se já estivesse sendo. – Caio diz em tom de deboche.

– Acho que agora você precisa ir para não chegar atrasado. E eu preciso ficar sozinho.

– Ok, ok. Já estou me retirando. Vê se fica bem.

– E você vê se não vai iludir ninguém hoje.

– Mais do que você mesmo se ilude é impossível.

Caio sai pela porta.

Uma lágrima involuntária escorre pelo meu rosto.

Volto a me sentar na poltrona e recosto a cabeça de forma que meus olhos encarem o teto. A única coisa que vem à minha cabeça é: por quê?

Por que isso tudo, Deus? Me coloco a indagar novamente aos céus.

O que eu tenho que aprender com isso tudo?

Deus, eu te peço:

O que for para ser, que seja bonito e intenso. Mas o que não for para ser, por favor, tira do meu coração.

Adormeço na poltrona em meio à bagunça causada pela carta e pelo choque de realidade que Caio me entregou.

Acordo no meio da madrugada com um mau jeito no pescoço e decido terminar a noite na minha cama, que a esta altura já tem o formato exato do meu corpo.

Adormeço novamente.

Ouço o telefone tocar.

Checo o relógio antes de olhar para o visor do telefone. Ele indica 14h00.

– Putz! Dormi demais.

Minha cabeça pesa toneladas como se eu tivesse tomado um porre na noite passada. Será que não tomei?

O telefone para de chamar. Verifico a chamada perdida. Era o Caio.

Retorno a ligação.

– Me ligou, Caio?

– Poxa, cara. Já estava me arrumando para ir até a sua casa. Fiquei preocupado quando não me atendeu. Ainda mais pelo jeito que você estava quando sai da sua casa ontem. Como você está?

– Parece que tomei um porre e uma surra ao mesmo tempo. Minha cabeça está pesada.

– Mais que o coração?

– Talvez haja um empate técnico.

– Só resta saber quem vai desempatar.

– Essa resposta só o tempo vai dizer. Como foi lá no Gordo ontem?

– Estava ótimo até acontecer uma pequena tragédia.

– Tragédia? Como assim?

– Cara, é o seguinte. – Caio começa a discursar. – Um tempo atrás estávamos com uma galera em um bar em frente à faculdade. Não lembro o que você foi fazer no dia que não foi com a gente. A noite estava quente, como essas que só existem no verão, propícia para alguns goles de bebida e paqueras. A conversa fluía como o calor do dia. Foi a primeira vez que a Clara viu o Otávio. A Clara se encantou por aquele jeito dele que a gente conhece bem.

Otávio é um cara de sorrisos. Conduz uma conversa como se você o conhecesse há anos.

Caio continua:

– A Clara quis ficar um pouco mais quando todos estavam se despedindo. Até sobrarem apenas ela e o Otávio. A conversa continuava saudável. A Clara disse para o Otávio que tinha bebido demais e que não estava se sentindo bem. Então o Otávio se ofereceu para levá-la para casa. Naquele momento, ela já não se aguentava sentada, muito menos em pé. Com a pronúncia já lenta, a Clara disse que não podia chegar em casa naquele estado. O Otávio então decidiu levá-la até o seu apartamento. Ele fez um café forte e a colocou na ducha fria. Ela saiu da ducha e tirou a roupa molhada. O Otávio colocou a roupa para secar e ofereceu um roupão enquanto ela engolia o café amargo. Otávio preparou sua cama para Clara e ela adormeceu. Otávio tentou se encaixar no sofá da sala. Quando amanheceu, Otávio levou Clara para casa. Ao chegar em casa, Clara ligou para Marina e contou sobre o final da noite. Ela contou que ficou sem roupa na frente de Otávio e ele não fez nada. Clara então disse para a Marina que Otávio deveria ser gay. A Marina ligou para a Camila e contou que Clara disse que Otávio deveria ser gay. A Camila mandou mensagem para Diogo e contou que Clara disse que Otávio era gay. Ontem à noite quase todos daquele dia estavam juntos novamente, agora sentados na mesa do Bar do Gordo. Então a galera começou a zombar do Otávio, que uma hora, já com a cabeça cheia de bebidas e ofensas, partiu para cima de alguns caras. Foi uma tragédia.

– Puta merda, Caio. Como vocês não me contaram isso antes.

– Eu também não sabia. Fiquei sabendo de manhã quando liguei para o Otávio.

– E como ele está?

– Me disse que está bem. Mas acho que a gente deveria ir até lá dar um apoio.

– Claro! Vamos sim. Essa Clara também é uma babaca. Já tinha até dito para o Otávio que não ia com a cara dela.

– Pois é. Mal sabia ela que naquela noite ele foi mais homem do que todos os outros já tinham sido com ela um dia.

– O Otávio não merecia isso, Caio. Ele é super do bem e deve estar se sentindo péssimo com o rumo que as coisas tomaram, mesmo que ele diga que está tudo bem.

– Na verdade ninguém merece.

– E mesmo se ele fosse gay, ninguém tem o direito de julgar o que o outro é ou deixa de ser. As pessoas querem acreditar na mudança das coisas, mas não mudam a própria cabeça. Elas dificultam tudo. Eles saem em busca de pessoas diferentes, de quem desperte aquilo que lhes causa arrepio, mas se esquecem de dar oportunidade. Eles querem dias diferentes, mas agem igualmente todos os dias. São várias dificuldades impostas numa troca de olhares. São vários números de telefone distribuídos nas baladas. São um bom-dia não respondido no dia seguinte. São muitas fotos apagadas por brigas bobas. São marcas que não se apagam da memória. Eles esperam a chegada de alguém, mas esquecem de manter a porta aberta. Eles querem pessoas diferentes, mas se esquecem de fazer a diferença. Eles querem amar alguém diferente, mas se esquecem que o amor é grande demais pra caber em uma diferença.

– Você está certo, Pedro. Falta as pessoas enxergarem o outro com os olhos do coração. Está faltando amor. Quando o amor existe, ele vence o medo do que é diferente.

Aceno que sim com a cabeça mesmo que o Caio não esteja vendo.

Meu coração fica feliz por estar junto de pessoas que compartilham das minhas lutas e dos meus ideais. O caminho é com eles.

– Caio, vou me ajeitar aqui e te encontro para irmos até o Otávio.

– Combinado! Vamos nos encontrar às 16h na Praça Central e seguimos juntos. Que tal?

– Pode ser.

– Ótimo. Até breve.

– Até.

Desligamos.

Me arrumo o mais rápido que posso depois de tomar uma ducha. Ao passar pela sala em direção à porta que dá para a rua, noto que Charlie ainda está deitado no mesmo lugar. Olho os recipientes de ração e água e percebo que ele mexeu ali.

Deve ser só a preguiça de sempre, penso.

Apresso o passo para encontrar Caio.

Quando chego na Praça Central ele já estava a minha espera.

Caminhos a passos largos até o apartamento de Otávio.

Toco o interfone.

Otávio atende:

– Quem é?

– Somos nós, Otávio. Pedro e Caio.

Ouvimos o som do interfone sendo colocado no suporte e a portaria se abre.

Subimos até o apartamento 303.

Encontramos a porta entreaberta a nossa espera.

Entramos.

– E aí, galera! Senta aí. A casa, como sempre, é de vocês. – Ele diz enquanto aponta para o sofá da sala.

Otávio tem um semblante tranquilo, apesar de algumas escoriações nas mãos.

– O Caio me contou o que aconteceu ontem e achamos que seria maneiro vir ver como você está.

– Estou bem. Estou tentando digerir tudo o que ocorreu, mas se eu disser que não me sinto um pouco culpado por ter entrado na onda da galera, estarei mentindo.

– Pô, cara! Mas é super entendível você ter ficado bolado. – Caio diz.

– Sim. É entendível eu ter ficado chateado. Mas a agressão, a agressão para mim nunca será justificada. Ela nunca será a resolução de nada. Fica parecendo que ser gay é errado. Vocês me conhecem e sabem que não resolvo as coisas assim. A verdade é que o que me deixa mais triste é como as pessoas ainda tratam as outras. Eu sei o que sou e não deveria ter ligado para o que estava sendo dito. Acho que por saber muito bem de mim é que estou tranquilo agora. Mas e as pessoas que não conseguem lidar com isso, as que brigam todos os dias para enfrentar seus demônios internos de aceitação? E se fosse uma dessas pessoas? Como elas ficam no meio disso tudo? Não tem graça. Isso não é senso de humor. Isso é falta de senso de amor.

– E você acha que o mundo ainda tem jeito? – Pergunto.

– O mundo ainda tem jeito quando você não tem necessidade de revidar o que o outro te faz. O mundo ainda tem jeito quando você entende o impacto que você tem na vida do seu próximo. O mundo ainda tem jeito quando você deixa pra lá as brigas bobas. O mundo ainda tem jeito quando você oferece uma mão sem esperar nada em troca. O mundo ainda tem jeito quando você deixa de jogar numa relação. O mundo ainda tem jeito quando a felicidade do outro também te faz feliz. O mundo ainda tem jeito quando você entende que cada ser é um universo diferente e que respeitar isso não te arranca pedaços. O mundo ainda tem jeito quando um diploma, um emprego, a conta no banco ou um corpo bonito não definem ninguém. O mundo ainda tem jeito quando você prefere ser luz em vez de caos na vida de alguém. O mundo ainda tem jeito quando você prefere ser gentil em vez de perder a paciência. O mundo ainda tem jeito quando você aprende que empatia vai além da teoria. O mundo ainda tem jeito quando você entende que não está sempre certo. O mundo ainda tem jeito quando você aceita que as pessoas podem ter uma opinião diferente da sua e está tudo bem. O mundo ainda tem jeito quando você deixa pra lá o orgulho e diz para aquela pessoa que ela é muito importante para você. O mundo ainda tem jeito quando você não precisa fazer questão, mas faz. O mundo ainda tem jeito quando você entende que aqui tem lugar para todo mundo. O mundo ainda tem jeito porque ele só depende da gente.

Acho bonito o coração de Otávio. Essa coisa toda na qual ele acredita me faz acreditar também. É bom ter alguém assim por perto.

– Caramba, Otávio. Quase chorei. – Diz Caio com os olhos realmente cheios de lágrimas. – Fico feliz, meu amigo, por você pensar assim. Esse coração tem muita sorte de pertencer a alguém tão bom como você. O mundo precisa disso. E sorte a nossa também ter você como amigo. Como irmão.

– Obrigado, galera. Também fico feliz por nossos caminhos terem se cruzado. Já passamos por tanta coisa juntos, não é mesmo? E ainda estamos aqui, e nada mudou entre a gente.

– Já que o momento é de agradecimentos, eu também quero agradecer vocês dois por terem me acolhido quando me mudei para cá. Morria de medo de não encontrar mais amigos como os que deixei no subúrbio. Tanto que ainda fiquei estudando um ano no antigo colégio. Mas vocês foram muito gentis comigo e me ensinaram que podemos fazer amigos em todos os lugares. O mundo está repleto de almas boas. – Eu digo.

– Poxa, cara. – Caio, já em meio aos soluços e lágrimas, não consegue dizer mais nada.

Otávio e eu damos uma pequena risada de felicidade.

– Quem diria que esse cafajeste amador tem sentimentos? – Brinco.

Rimos um pouco mais alto.

– Esse momento merece um brinde. Vou buscar uma cerveja. – Otávio vai em direção à cozinha enquanto Caio enxuga as lágrimas na sua própria camisa.

Por um momento, me esqueço de tudo o que aconteceu no dia anterior. Esqueço a Duda. Esqueço a carta. Meu coração quer apenas viver isso, aqui e agora, junto com o coração dos meus amigos. Mas sei que, quando voltar para casa, vou ter que arrumar a bagunça que ficou por lá.

É TUDO TÃO BONITO QUE CHEGA ATÉ A SER ESTRANHO. UMA PAZ INTERIOR, UM SENTIMENTO DE LEVEZA, UMA VONTADE DE VIVER E IR ATRÁS DAQUILO QUE VOCÊ REALMENTE MERECE. É TÃO BONITO QUANDO A FICHA CAI E VOCÊ PERCEBE QUE O QUE IMPORTA AQUI É VOCÊ. DIA APÓS DIA, O PASSADO VAI FICANDO CADA VEZ MAIS PARA TRÁS E VOCÊ VAI FICANDO CADA VEZ MAIS FORTE. A CADA DIA VOCÊ SE ESQUECE MAIS DO QUE TE MACHUCOU E SE LEMBRA MAIS DE VOCÊ.

@FERNANDOSUHET

ÀS VEZES É PRECISO IR EMBORA.
DESACELERAR. DEIXAR LIVRE O
CORAÇÃO E SOSSEGAR A ALMA.
DEIXAR A POSSIBILIDADE IR AO SEU
ENCONTRO NA CERTEZA DE ALGO
MUITO MELHOR TE ESPERA.

———

@fernandosuhet

VII

A noite começa a tomar conta da cidade e decido me despedir de Caio e Otávio e voltar para casa. Caio decide ficar um pouco mais. A tarde ao lado deles foi realmente incrível.

A caminho de casa meu telefone toca. É a Dona Marta.

– Oi, mãe.

– Oi, meu filho. Tudo bem?

– Tudo sim.

– Não vai se esquecer que Alice vem nos visitar amanhã. Não vai me fazer essa desfeita com a sua irmã.

Putz! Já havia me esquecido totalmente. Não estava mentalmente disposto para lembrar, nem para poder ir. Não sei por que Alice foi morar com aquele cara do outro lado da cidade. Na minha cabeça já vêm as imagens das provas finais que começam na próxima semana e do discurso do final do curso, que eu não faço a mínima ideia de por onde começar. Mas tento parecer um bom filho e não deixar minha mãe chateada.

– Ok, mãe. Eu não me esqueci. Estarei lá.

– Que bom, Pedro.

Consigo sentir a felicidade na sua voz.

Ela continua:

– E como você está? Está se alimentando? E Charlie?

– Estou ótimo, mãe. Charlie continua na mesma.

Minto. Assim como fiz com meu pai, também não queria deixar minha mãe preocupada com as coisas que só eu posso resolver. "E o que falta para resolver?", me pergunto mentalmente. "Coragem, talvez."

Dona Marta continua:

– E, Pedro, vê se vai tratar bem o Roberto. Ele é seu cunhado. Lembre-se da educação que nós te demos.

– Vou me esforçar para ser legal com ele, mãe. Agora preciso desligar pois já estou chegando em casa e preciso dar comida ao Charlie e tentar estudar um pouco.

– Está bem. Até amanhã. Beijos. A mamãe te ama.

– Beijos, mãe. Amo você também.

Desligamos.

Ainda faltam algumas quadras para chegar até em casa. Prefiro desligar para aproveitar esse tempo para preparar o espírito e a cabeça para quando chegar em casa e me deparar com as coisas que deixei lá.

Penso em tudo o que aconteceu no dia. O jeito como eu acordei, a ligação do Caio contando a história que havia se passado com Otávio, a tarde que tanto agregou com meus amigos. Lembro-me do carinho dos meus pais, de tudo o que fizeram e fazem por mim, da faculdade, do escritório do Sr. Zuba, que tão bem me acolheu. Eu tenho tantas coisas. Tantas coisas simples. E eu gosto das coisas simples. Para mim elas sempre foram as mais importantes.

Decido não mais me deixar sofrer pelas coisas passadas, por pessoas que não vieram para somar e pelas coisas que vêm para abalar nosso coração.

Muitas vezes eu me culpei. Pensei que não era forte o suficiente para enfrentar todos os medos e problemas que a vida coloca na minha frente. Faltam-me dedos para contar quantas vezes eu pensei em desistir. Desistir de sorrir, de abraçar e de acreditar. O desânimo se senta na porta e fica ali esperando a gente passar. Mas, hoje, no meio de tantas descrenças, a vida me soprou: "Não desista! Você é muito importante para alguém. Principalmente para você."

Chego em casa e sou tomado por uma coragem e uma vontade absurda de ser feliz. Um sentimento numa proporção que nunca havia sentido antes.

Recolho tudo o que me lembra da Duda: cartas, presentes, fotos e a toalha que ela sempre usava. Junto tudo no meio da sala. Pego um saco de lixo e começo a colocar tudo lá dentro, cada vez com mais pressa. Abro a porta e jogo o saco na lata de lixo da calçada. Volto para casa e vejo Charlie me observando atentamente.

– Bem-vindo a um novo recomeço, meu amigão.

Sinto uma sensação libertadora.

Entro em casa e ligo som. *Time of my life* ecoa pelas paredes de concreto da minha casa. Danço sozinho. Danço com Charlie. Danço com a minha felicidade.

Todo recomeço é dia de festa. Dia de feriado decretado por nós mesmos.

Ajeito a casa com uma disposição que nunca habitou meu corpo antes. Precisava estudar. Mas hoje não. Hoje a noite é minha. Não vou esperar pela mensagem que não vai chegar. Não vou esperar por quem nunca vai aparecer. Eu sou incrível demais para sofrer por aquilo que me tira a paz. Hoje é meu encontro comigo mesmo. Só vou esperar por mim. Um dia a gente esquece. E quando a gente esquece, já era.

Me deito na cama, mas a euforia demora a me deixar adormecer.

Encaro o teto escuro, imagino estrelas e digo a elas: "A noite de hoje me fez perceber que eu amo viver. Vou continuar aqui, dando o melhor por mim e por aquilo no que acredito. Agora quero me apaixonar sempre por mim e por quem eu acredito valer a pena. Vou fugir das pessoas e dos amores mal-resolvidos. Não é vergonha fugir e desistir. Vergonha é fugir e desistir da gente."

Adormeço de mente tranquila e de coração em paz mais uma vez. Sem sonhos ou pesadelos. Apenas o sono de quem precisava se desligar e repor as energias.

As horas da madrugada voam. O sol começa a invadir, com seus raios, a janela do meu quarto. Parece que chegou para dar boas-vindas a um novo dia. É um dia lindo para começar a ser feliz.

Pulo da cama como se fosse um atleta de salto ornamental. O café nunca teve um gosto tão bom. A casa nunca me pareceu tão limpa. A não ser pelo Charlie, que ainda cheira a sardinha velha. Isso não duraria mais que algumas horas.

Encho a velha banheira do Charlie com água morna na ducha. Sim, o Charlie tem uma banheira só dele. Preparo a toalha, o xampu canino e luvas.

– Não vou encostar minhas mãos em você com esse cheiro horrível, amigão. – Enquanto eu falo, Charlie se enfia embaixo da poltrona e me lança um olhar de piedade.

– Vamos, Charlie. Deixe de ser um cachorro desobediente. Não vou te levar para visitar sua Vó Marta. Você não está com saudades dela? Vamos, Charlie! Sai logo daí debaixo!

Charlie fica cada vez mais resistente, mas um *insight* invade a minha mente.

– Como não pensei nisso antes?

Levanto a poltrona e agarro Charlie pela coleira.

– Te peguei, malandro! – Charlie se contorce e tenta escapar dos meus braços.

Os meus planos de não ficar com cheiro de sardinha velha acabam de ir por água abaixo. Hoje vamos todos sair de casa limpos.

Charlie esperneia por alguns instantes até aceitar que não havia como escapar. Após o banho pego o secador para secar o Charlie. Sim, ele também tem seu próprio secador.

Entro na ducha para tirar o cheiro que Charlie deixou em mim enquanto ele se esfrega pelo chão da sala.

Nota mental: pesquisar por que os cachorros se esfregam tanto após o banho.

Ajeito as coisas da casa a fim de não me atrasar.

Coloco a coleira no Charlie e seguimos juntos rumo à casa da minha mãe antes que o telefone comece a tocar. Dona Marta nunca teve paciência para atrasos e eu não queria estragar o humor dela hoje, apesar de que isso poderia acontecer quando eu me encontrasse com o Roberto. Prometo para mim que farei o possível para ser legal, mas espero que isso não me custe a paz que começou a brotar no meu coração. Essa semente foi plantada com muito custo e quero vê-la florescer. Florescer bonita.

Charlie puxa a guia como se nunca tivesse andado na rua. Nem parece que morou tanto tempo nela.

Chego na casa da minha mãe todo suado, como se tivesse acabado de sair de uma sauna. O sol do meio-dia é castigante, ainda mais tendo que suportar Charlie puxando a guia e tentando contê-lo. Foi um exemplo prático da terceira lei de Newton.

– Pedro, meu filho, o que houve? Choveu com esse sol todo? – Dona Marta pergunta dando risadas.

– Tenta dar uma volta com o Charlie no quarteirão e depois você me conta. – Tento esbravejar, mas não consigo.

– Ei, Charlie. Que saudades! – Ela faz um afago no Charlie. Ele retribui balançando loucamente o rabo.

Solto a coleira do ex-fedorento e ele sai em disparada para o quintal da casa.

– Venha, meu filho, entre. Alice chegou já faz algum tempo.

– Percebi, mãe. Afinal, o carro do mala do namorado dela está parado bem aqui na porta.

– Pedro, não começa.

– Vou tentar não começar para não ter que terminar.

– Assim eu espero. Vamos, entre logo.

Passo pelo corredor da casa até chegar ao quintal, onde meu pai comanda a churrasqueira, a Alice brinca com o Charlie e o Roberto, como sempre, não faz nada.

– Meu filho! Que bom que você veio. Estou fazendo a carne com aquele tempero com alecrim que você adora.

– Que honra, pai. Mas a visita especial aqui hoje é a Alice, e não eu.

– Ah, sua mãe fez aquela torta de frutas vermelhas que ela gosta. Não podíamos deixar de agradar nossos dois filhos queridos.

– Obrigado, pai. – Dou um beijo na sua cabeça.

– Aceita uma cerveja, filho?

– Não, pai. Obrigado. Preciso estudar quando chegar em casa. As provas finais começam essa semana.

– Quem diria, Pedro? Lembro-me bem de você bem pequeno já almejando ser um advogado. Olha só, está quase na hora.

– O tempo voa, Seu Jorge, o tempo voa.

– E aí, Pedro? – Roberto me estende a mão.

– E aí, cara? – Retribuo o aperto de mão e me viro para encontrar Alice, que está junto ao Charlie.

Eu disse para Dona Marta que não destrataria o rapaz, e para manter minha palavra acho melhor ficar longe.

Quando Alice me vê, vem correndo feito louca para me abraçar.

– Pedro! Que saudades estava de você. Como você está bonito. Está mais fortinho! Isso é um elogio, viu? – Antes de terminar de falar ela já abre um sorriso de felicidade, satisfação e orgulho.

– Poxa, saudades também, Alice. Diria que agora estou no ponto, não é mesmo?

Ela gargalha.

– Continua bobo como sempre, Pedro.

– Isso também é um elogio?

– Entenda como quiser. – Alice diz com certa ironia.

– Ao contrário de mim, você continua a mesma. Olha só a quantidade de roxos presentes nesse corpo minúsculo. Continua desastrada como sempre.

– Não tenho culpa se os móveis de casa insistem em ficar na minha frente. Não é mesmo, amor? – Ela se vira para Roberto, que finge não ter escutado.

"Esse cara é mesmo um paspalho", penso.

– Venha, Pedro. Vamos nos assentar na varanda como fazíamos antes. Hoje só não teremos estrelas para contar, nem pedidos para fazer para elas.

– O sol está tão quente que parece que tem um para cada. Podemos dividi-lo. Quanto aos pedidos... A gente sempre tem algo a pedir. Sempre.

– Hum, e o que você pediria ao sol?

– Saúde, paz no coração, pensamentos positivos, resiliência para seguir e desconstrução do que já não serve mais.

– Não tem nem um amor nesse pedido?

– Acho que amor a gente não pede. Ele vem sem a gente pedir.

– Ah, Pedro. Aposto que você está cheio de paqueras por aí. Veja só. Está tão bonito.

– E quem disse que beleza é tudo? Sem querer ser prepotente, claro. Estou longe de ser esse galã que você diz.

– Mas se beleza não fosse importante, modelos não ganhariam dinheiro com ela.

– E eles são modelos de quê? Quem somos nós para julgar qual beleza é modelo e qual não é?

– Está bem. Você está bonitinho. Melhorou?

– Acho que não muito. Mas isso não importa muito. Acho que o que importa é nossa capacidade de fazer o bem sem passar por cima de ninguém. Já dizia o poeta: "Tem aquele que parece feio, mas o coração nos diz que é o mais bonito."

– É. Acho que você tem razão, Pedro. Roberto é um exemplo disso. – Ela diz dando gargalhada.

Não me contenho e acompanho Alice na gargalhada.

– Olha, sobre a parte do feio eu sou testemunha viva. O resto eu já não sei. – Digo.

– Ele é uma boa pessoa. Sempre diz que nunca vou achar alguém tão bom quanto ele.

Alice continua:

– E o coração? Vai bem?

– Diria que acabou de sair do departamento médico. Está se medicando e daqui a pouco pode entrar em campo novamente.

– E qual foi o motivo dessa contusão que o tirou desse jogo tão importante que é a vida? – Alice entra na minha brincadeira.

– Sofreu uma entrada dura do quarto zagueiro adversário minutos antes do término da partida.

– E qual era o nome do quarto zagueiro? Infelizmente perdi esse jogo.

– Maria Eduarda.

O nome de Duda sai da minha boca na mesma normalidade de qualquer outra palavra. Finalmente parece que estou conseguindo seguir em frente.

Alice sempre foi minha confidente. Sangue do meu sangue. Da minha casa, é a única que sabia de Duda, das coisas legais que vivemos e da maneira como ela foi embora.

Alice continua:

– Você gosta mesmo dessa moça, não é?

– Gostei. Agora trabalhamos com o verbo no passado. É lá que ela precisa ficar.

– Você já a esqueceu?

– A gente não esquece. A gente supera.

– E você e o Roberto? Como vão as coisas? – Tento mudar o lado da conversa.

– Ah, o de sempre.

– Como é o de sempre?

– O de sempre são coisas boas e coisas ruins, como todo relacionamento.

– Qual delas se sobressai?

– Às vezes as coisas boas, às vezes as coisas ruins.

– É uma pergunta séria, Alice. Pare de fazer rodeios.

– Não estou fazendo rodeios. Acontece assim mesmo. Tem dias que somos visitados por coisas boas. Elas vêm para aproveitarmos e entendermos que elas também passam. E tem dias que somos visitados por coisas ruins, que é para a gente poder aprender com elas. O importante é não desistir um do outro. Um relacionamento é abdicar de algumas coisas em favor de outras.

– Entendo. Só espero que você não esteja abdicando de você.

– Não. Acho que não. – Ela sorri de canto de boca.

– Alice, não me entenda mal, mas você saiu da casa dos nossos pais e nunca sentiu vontade de fazer mais nada? Uma faculdade? Um curso de algo de que você goste? Nada? Você sempre foi boa com tecidos, linhas, cores e *looks*.

– Às vezes eu até tenho. Mas o Roberto sempre diz que vai cuidar de tudo e vai cuidar de mim para sempre. Ele tem um bom emprego na imobiliária, faz boas vendas e é muito querido por todos lá.

– Bom, não concordo. Mas se você está feliz assim, tudo bem.

– E você? Logo se forma, não é mesmo?

– Se tudo der certo nas provas finais, falta menos de um mês. Você vem?

– Claro! Não perderia a formatura do meu irmão predileto por nada.

– Está dizendo isso porque sabe que sou o único que você tem.

– Pelo menos é o que a gente acha, né?

– Alice, não diz isso. O dia que eu tiver um amor como o dos nossos pais eu não vou querer mais nada nessa vida.

– Pensei que amor não era algo que se pedia.

– Não pedi. Só desejei.

– Não é a mesma coisa?

– Não, Alice! Não!

– Pessoal, venham comer! – Seu Jorge grita do quintal no fundo da casa.

– Acho melhor irmos nos juntar aos outros. – Diz Alice.

– Sim. É uma boa ideia. Adorei nossa conversa. É realmente uma pena não termos estrelas para nossos pedidos. – Olho mais uma vez para o céu azul.

– É uma pena mesmo.

– Espera. Acho que achei uma.

– Onde? Impossível!

– Está aqui do meu lado. E gostaria de fazer um pedido para ela.

– Faça. – Ela diz, sorrindo.

– Que tal você voltar a morar mais perto da gente? Eu sinto tanta falta de você e dos nossos papos.

– Que fofo, Pedro. Então, também sinto falta. Mas o Roberto gosta de lá e, como disse, tem um bom emprego por lá. Você me entende?

– É. Acho que entendo.

– Então vamos?

– Vamos!

Nos dirigimos para o quintal onde nossos pais e Roberto estão jogando conversa fora. O Charlie se diverte com os pássaros que pousam no quintal em busca de alimentos. Ele está feliz. Acho que era isso que faltava para esse vira-lata. Claro, o banho também.

A tarde passa sem ninguém se dar conta. Fazia muito tempo que nossa família não se reunia. Tinha me esquecido de como é bom tê-los por perto. Obrigado, Deus, por ter me presenteado com uma vida ao lado dessas pessoas. O Senhor foi muito bom comigo.

POR MAIS QUE A GENTE QUEIRA MUITO, ÀS VEZES NOSSAS VIDAS TOMAM CAMINHOS DIFERENTES. NEM TUDO É COMO A GENTE QUER. DESPEDIDAS SÃO RUINS, MAS É PRECISO PASSAR POR ELAS E ACEITÁ-LAS. MESMO COM O CORAÇÃO MARCADO PELA PARTIDA DE PESSOAS QUE ESCOLHERAM OUTRO CAMINHO, A GENTE AMADURECE, SE FORTALECE, APRENDE A SEGUIR A VIDA E A SORRIR COM ELA. É MUITO MADURO APRENDER A SORRIR MESMO QUANDO A SAUDADE NO CORAÇÃO PESA TONELADAS.

@FERNANDOSUHET

ADMIRO QUEM RECOMEÇA, QUEM DEIXA O PASSADO ONDE ELE TEM QUE FICAR E QUEM APROVEITA AS OPORTUNIDADES QUE A VIDA DÁ SEM PERDER ESSA MANEIRA BONITA DE SORRIR. SORRINDO SOMOS MUITO MAIS FORTES.

@fernandosuhet

VIII

Ao chegar em casa, Charlie se esparrama na soleira da porta e não se esforça para entrar.

– Foi um grande dia hoje, amigão. Parece-me que aqueles pássaros deram uma canseira no velho Charlie. – Tiro a coleira do seu pescoço e a guia.

Após descansar e parar de ficar ofegante, Charlie se levanta, vai até o recipiente de água e faz um estoque no seu corpo como se fosse um camelo. Depois se esparrama novamente no chão fresco enquanto eu organizo o meu material de estudo.

Amanhã começam os dias de decisão. O início do fim de longos cincos anos me preparando para tentar fazer um mundo um pouco melhor e um pouco mais justo. Um mundo melhor e mais justo perante a lei, porque todos podemos tentar ações para tornar as coisas melhores de outras formas.

Começo lendo aquilo que acho mais difícil. Nas demais coisas é só passar o olho para poder fixar. Ainda que eu sofra com a ideia de a ansiedade me visitar nesse período que antecede as provas finais, tento me manter calmo e me concentro no que eu preciso fazer. Respiro bem fundo e mentalizo: "eu posso, eu consigo, vai dar tudo certo".

Já quase finalizando os estudos da noite para a batalha que me aguarda no próximo dia que vai nascer, lembro-me que Caio também se forma agora e vai enfrentar as mesmas batalhas que eu. Otávio se forma no próximo semestre. Me lembro de uma frase atribuída a Ernest Hemingway: "– Quem estará nas trincheiras ao teu lado? – E isso importa? – Mais do que a própria guerra."

Decido então ligar para Caio e desejar boa sorte.

O telefone toca meia vez e Caio atende:

– Caramba, Pedro. Estava mesmo pegando o telefone neste momento para te ligar. Que bruxaria em modo avançado é essa? Você não fez pacto com o coisa ruim não, né?

– Deixa de ser idiota, Caio. Foi só uma coincidência, ou talvez até mesmo o dedo do destino, sabendo que você precisaria das minhas palavras.

– Quais seriam essas palavras?

– Liguei para desejar boa sorte nas provas finais.

– Não preciso. Se eu não passar com pelo menos 90% de média eu mudo meu nome. Mentira! Vou precisar sim. Minhas pernas já estão tremendo de nervoso.

– Vai dar tudo certo. E você? Ia me ligar pra quê?

– Você lembra da Paola?

– Porra, Caio! Eu te ligo pra desejar boa sorte e você me liga para falar dos seus casos mal-resolvidos?

– Porra, Pedro! Se eu não posso abrir meu coração para os meus amigos eu vou fazer o quê? Procurar um pai de santo? Um padre para me confessar e pedir conselhos?

– Não adianta. Você é caso perdido até mesmo no mundo espiritual.

– Não precisa ofender também. Você sabe que não é bem assim. Sempre fui muito sincero nas minhas quase relações, deixando bem claro até onde eu iria. Se as pessoas criaram expectativas a culpa não é minha.

– Me diga então. O que tem a Paola? Está grávida? Vou ser tio?

– Deixa de ser imbecil, Pedro. Acho que estou gostando dela.

– O QUÊ? – Pergunto em tom de espanto.

– Isso mesmo que você ouviu.

– Tomara que ela te faça sofrer tudo o que você fez os outros sofrerem. – Digo dando risadas.

– Eu vou desligar. Cansei de ser escorraçado.

– Oras, mas é a lei da vida. A gente colhe aquilo que a gente planta.

– Já te disse que eu fui sincero nas minhas relações. Essa culpa eu não carrego.

– Brincadeira, Caio. Até um cafajeste como você – agora ex-cafajeste amador – merece ser feliz.

– Porra. Você está pegando pesado. – Ele diz, indignado.

– Parei. Sério. Mas qual é o problema de você gostar dela?

– Ah, é que às vezes eu acho que a gente se parece, outras vezes acho que a gente é diferente demais. Estou confuso.

– Amor bom não é aquele que completa. É aquele que acrescenta.

– Como assim, Pedro?

– Amor bom não é aquele que completa. É aquele que acrescenta. E veja só o infinito que isso guarda: a diferença não separa. Você pode gostar de bossa nova e ela de rock. Você pode curtir dar uma de chefe de cozinha e ela se amarrar em conhecer novos restaurantes. Você pode demorar a se arrumar e ela ser do tipo que se arruma em cinco minutos. Você pode adorar uma conversa fiada, e ela ser daquelas que dizem tudo em um olhar. Você pode amar cinema e ela insistir na boa e velha leitura – e nada além dela. Você pode adorar fins de semana na praia e ela não abrir mão do campo. Você pode ter suas escolhas. Seus gostos. Seu jeito esquisito. E ela? Ah, ela também. Vocês podem ser tão opostos quanto essa vida permite. E, ainda assim, terem uma infinidade de semelhanças que só o amor torna possível. Essa é uma das coisas mais fascinantes que o mundo já inventou, eu me encanto com a maravilha de deixar o outro transbordar. Ainda que tudo me pareça estranho. Ainda que eu ache absurdo. E queira tudo ao contrário. Amor, meu amigo, deixa o outro ser o que ele quiser. E, sem que você perceba, faz com que você se encante com o absurdo do que nunca lhe foi comum. A gente se junta por uma simples troca de olhares, uma dança ou um sorriso torto. É quando você começa a sentir tudo e não consegue descrever nada naquele momento de magia. Os corações batem em um compasso de afinidade. Mas depois que eles se afinam no tom da dança, a maior riqueza com a qual um coração aprende a lidar são nossas lindas e tortas diferenças. Se você e ela fossem iguais, de nada a vida se acrescentaria. Nossas diferenças são o que nos une em um sentimento igual. Um amor igual vira rotina. Um amor diferente surpreende. É viver, discutir, brigar, amar, aceitar e entender que, em tempos de amor, um coração disposto não liga muito se o outro é oposto.

– Na teoria é tudo muito bonito. Mas eu tenho medo. Você sabe, Pedro. Essa coisa de primeiro relacionamento. Não sei se a Paola vai querer apostar nisso também. Não sei de mais nada.

– Você acha que a Paola está curtindo vocês?

– Ah, cara. Acho que sim. A gente se fala todos os dias. Nos vemos com muita frequência. Sabe aquele clima gostoso? É isso: um clima gostoso.

– Faz tempo que não sei o que é. Mas eu entendo. Acho que você não precisa pensar nisso agora. Volte a estudar, porque eu preciso de um excelente educador físico para cuidar desse corpinho aqui.

Caio dá risadas e continua:

– É. Vou esperar as provas finais. E espero que isso saia da minha cabeça e me deixe realmente estudar.

– Como eu disse, vai dar tudo certo. Preciso desligar. Também tenho que voltar para as apostilas.

– Força para a gente, Pedro!

– Muita força! Até mais.

– Te vejo essa semana?

– Com certeza a gente se esbarra lá na faculdade.

– Beleza! Até.

– Até.

Desligamos.

"Quem diria? O Caio está apaixonado. Até aquele cafajeste amador é capaz de amar novamente. Ou pela primeira vez. Talvez isso seja uma prova para não deixar de acreditar que um novo amor ainda pode estar lá fora. Eu só não sei seu nome, nem quando ele vai aparecer. Mas vou continuar acreditando no amor, apesar de todas as pessoas que fizeram mau uso dele na minha vida. Se algo der errado amanhã, eu recomeço. De novo e de novo. Por mais difícil que isso pareça, é necessário. O erro já começa na descrença de achar que vou sair de casa e não vou mais encontrar alguém legal." Penso tudo isso enquanto encaro as apostilas jogadas na poltrona da sala.

Um filme começa a rodar nas salas da minha cabeça como se fosse uma biografia. Começo a me lembrar de tudo o que fiz e do que fizeram por mim para chegar até aqui. Meu coração se enche de gratidão. Estou prestes a viver um sonho. Desses sonhos que a gente vive acordado. Foram muitas lutas para chegar até aqui. Foi necessário abdicar de tanta coisa. A vida cobra. Todos os dias temos que fazer escolhas, e fazer escolhas implica em mudar algo no nosso futuro. A vida passa rápido. Quando a gente menos espera, ouve um estalo e a vida acaba. Tem momentos na vida em que só você pode cuidar de você e fazer as coisas por você. E todo mundo merece viver os próprios sonhos. Se você não está feliz, mude. Seja de campo profissional, de curso na faculdade ou de lugares onde você não cabe. Abrir um sorriso para a sociedade, todos os dias, não significa que você é feliz. Felicidade é não precisar fingir um sorriso — é deixar que ele nasça sozinho e sincero. E não ligue para os comentários dos julgadores de plantão. Eles sempre apontam o dedo com comentários que dizem ser inocentes:

— Você mudou de curso? Trocou de emprego? Por quê? Quer ser pobre?

Pergunto-me quando é que as pessoas vão começar a entender que riqueza e pobreza nunca foram sobre dinheiro. Se alguém se sente pobre com o que faz, é essa pessoa que precisa mudar, e não a gente.

Nunca, em hipótese alguma, deixe esse tipo de comentário tirar você do caminho que você escolheu. Se você errar, se você não se sentir feliz, troque de novo. Todo erro é uma oportunidade. Só não deixe de viver seu sonho porque alguém disse que é um sonho pobre. Às vezes acho que as pessoas andam tão frustradas com o que fazem e tão sem coragem de mudar que precisam dividir isso com quem tem nos olhos o brilho da esperança de um recomeço.

Também pagamos pelo que deixamos de fazer, por aceitar que o sonho do outro seja o nosso sonho. Se você se mantiver firme no que acredita, tudo é possível.

Decido guardar o material de estudo, tomo uma ducha, deito a cabeça no travesseiro e faço uma oração que me blinda. A única coisa que eu não quero ser é pobre de felicidade.

Preciso estar descansado para encarar a última semana de aula e, também, a última semana de estágio no escritório do Sr. Zuba.

O dia começa com o despertar do relógio após uma noite mal-dormida. Como já era de se esperar, fiquei ansioso pelo que está por vir nos próximos dias.

Levanto-me, peço aos céus que iluminem a minha mente e que nenhum sentimento ruim venha ocupá-la. Vou até o banheiro, me olho no espelho e dou três tapinhas na cara.

– É hora da decisão, Pedro. Acabou a fase eliminatória. É hora da grande final. – Dou pulos como se estivesse aquecendo para entrar em um jogo.

Começam as partidas.

A semana passa como um *loop* infinito que consiste em sono ruim, ansiedade desde cedo, alimentação ruim, dor de barriga, provas, estudo, folhas molhadas de lágrimas, pensamentos esquisitos, últimos dias de estágio no Sr. Zuba, telefonemas com os amigos, mais estudos, dúvidas nas provas sobre algo que eu tinha lido no dia anterior, certeza de que vai dar tudo errado, unhas roídas, telefonemas para Seu Jorge, olheiras, esperança de que tudo vai dar certo, banhos gelados e mais estudos.

Fim das partidas.

Entrego a última prova, que, por coincidência, era do professor Jaime. Fui o primeiro a terminar, o que me deu um certo medo. "Ou fui muito bem ou estou muito ferrado", penso comigo.

Melhor trabalhar com a segunda opção e não criar expectativas. Mesmo assim, mesmo com essa aceitação, o medo me acompanha.

Antes que saísse da sala o professor Jaime diz:

– Pedro, só um instante que eu preciso dar um recado.

Meu corpo gela.

– Para mim?

– Não. Para a turma toda.

– Ufa.

– Pessoal, tenho um recado para vocês: o resultado das provas sai daqui uma semana e as provas de recuperação começam na semana seguinte.

Começa um certo reboliço na sala de aula.

– Poxa, professor! Mas já? Uma semana passa em um estalar de dedos. – Diz, do fundo da sala, algum aluno que não consigo identificar.

– São ordens. Posso continuar?

– Prossiga, professor.

– O conteúdo a ser avaliado na prova de recuperação da minha matéria será o mesmo da prova final. Para quem conseguir êxito nas provas finais ou nas provas de recuperação desejo uma boa formatura e um excelente sucesso profissional.

– Professor, quando é a colação de grau? – Pergunto.

– Vocês receberão um e-mail, mensagem ou algo do tipo avisando. Agora cada um volte os olhos para a própria prova. – Ele diz.

– Já posso sair, mestre? – Pergunto.

– Pode, Pedro. Boa sorte.

– Vou precisar. Obrigado.

Saio pela porta da sala e percorro os corredores da faculdade. Um sentimento de dever cumprido toma conta de mim.

Ao percorrer um dos corredores, encontro Caio sentado no chão com os olhos fixos em uma apostila.

– E aí, cara? O que faz sentado aqui a essa hora?

– E aí, amigão? Só tenho prova hoje no segundo tempo, então resolvi vir mais cedo para dar uma última lida na matéria.

– Essas últimas lidas para mim nunca funcionam. Elas só me deixam mais desesperado, sabendo que o fim está próximo... Ou melhor, estava.

– Por que estava?

– Acabei de entregar a minha última prova. Está sabendo que os resultados saem daqui a uma semana?

– Sério?

– Sim. O meu professor acabou de dizer, enquanto eu me preparava para sair da sala.

– Putz! Olha isso! Já estou me tremendo todo. – Ele aponta para as mãos trêmulas.

– Boa sorte, camarada. Tente se manter tranquilo. Agora eu preciso ir. Afinal, é o último dia no escritório do Sr. Zuba. Quero chegar mais cedo para poder aproveitar o tempo com o pessoal e tentar esquecer a ideia de que a partir de amanhã eu viro estatística. O mais novo desempregado do local.

– Logo você arruma outra coisa.

– Espero que sim. Que tal virmos juntos olhar o resultado no laboratório de informática?

– Por mim, pode ser.

– Combinado, então. Até.

– Até.

ESTÁ TUDO BEM NÃO QUERER IR NAQUELA
FESTA EM QUE TODO MUNDO QUER IR.
ESTÁ TUDO BEM TER SE ATRASADO POR
ESTAR SE ARRUMANDO DO JEITO QUE VOCÊ
GOSTA. ESTÁ TUDO BEM IR EMBORA MAIS
CEDO. ESTÁ TUDO BEM TROCAR DE CURSO
NA FACULDADE. ESTÁ TUDO BEM FICAR EM
SILÊNCIO. ESTÁ TUDO BEM CHORAR QUANDO
DÓI DENTRO DA GENTE. ESTÁ TUDO BEM.
PERDOE-SE. NÃO CARREGUE OS PROBLEMAS
DOS OUTROS. LIGUE PARA QUEM TE FAZ BEM.
NÃO FIQUE PARADO NO TEMPO TENTANDO
ENTENDER O PORQUÊ DO FIM DAS COISAS.
EXISTEM OUTRAS FORMAS DE AMOR, E
NEM SEMPRE O AMOR TEM A VER COM
PESSOAS. ABRACE-SE. PEGUE-SE NO COLO.
ENTENDA COM CARINHO SEUS VALORES
E SUAS LUTAS. SEJA GENTIL COM VOCÊ.

@FERNANDOSUHET

NÃO IMPORTA O QUANTO VOCÊ SEJA
CARINHOSO, LEAL E RECÍPROCO.
ALGUMAS PESSOAS SIMPLESMENTE NÃO
VÃO SE IMPORTAR COM ISSO. A GENTE
PRECISA TER CORAGEM PARA IR EMBORA
DOS LUGARES ONDE NÃO CABEMOS.

―――――――

@fernandosuhet

IX

Ao chegar no escritório do Sr. Zuba, me deparo com uma faixa no hall de entrada, perto da mesa da secretária, com os seguintes dizeres:

"Boa jornada, Pedro. Obrigado por tudo até aqui. É o que desejam todos da Advocacia Zuba Pedrosa."

Tento disfarçar os olhos marejados.

– Poxa, pessoal. Que lindo isso. Não precisava. – Agradeço e me dirijo a todos para um abraço.

O decorrer do dia é de clima festivo e despedidas. Marcela, a secretária, chega com um bolo para o nosso café. O café, obviamente, foi feito por mim. As conversas também têm tom de despedida. Até que o Sr. Zuba me pede para acompanhá-lo até a sua sala.

– Jovem Pedro. Tão jovem e tão certo do que quer. Não foi difícil perceber neste tempo em que esteve presente conosco que você realmente tem certeza da profissão que escolheu para seguir.

– Sim, Sr. Zuba. Desde criança eu já tinha certeza de que era isso que eu queria para mim e também para os outros. Afinal, o que eu quero é poder ajudar. Tentar consertar pelo menos um pouco das coisas que causam esse desequilíbrio injusto no mundo.

– Muito bonito isso da sua parte. Mas é preciso ter cuidado. No meio em que vivemos não dá pra consertar tudo. Há muita injustiça lá fora. Não adianta tentar abraçar o mundo de uma vez só. Ele pode te engolir.

– Acho que vou entendendo isso aos poucos, Sr. Zuba. Mas se eu puder ajudar o máximo de pessoas possível, até onde meus braços alcançarem, já é um começo.

– Muito bem, garoto. Eu, como dono do escritório, gostaria de agradecer pelos serviços prestados. Vai ser difícil encontrar outro estagiário dedicado como você e, claro, que faça um café tão bom.

– Eu que agradeço pela oportunidade de trabalhar aqui. Me lembrarei dos seus ensinamentos e dos outros advogados em todos os caminhos que eu trilhar.

– Você é um bom garoto. É íntegro e tem discernimento. Tenho certeza de que irá trilhar por bons caminhos.

– Obrigado, Sr. Zuba.

Finalizamos a conversa com um abraço. Não um abraço de chefe e estagiário, mas um abraço de pai para filho.

Me despeço de todos no escritório.

Finalizamos a conversa com um abraço. Não um abraço de chefe e estagiário, mas um abraço de pai para filho.

Me despeço de todos no escritório.

Vou para casa na esperança de ter uma noite tranquila, tentando não me preocupar com os resultados das provas, que saem daqui a uma semana. O tempo nublado anuncia uma chuva que logo começa a cair.

Tento me esconder debaixo da marquise de um ponto de ônibus. As pessoas se apertam para dar lugar aos que chegam para procurar abrigo da chuva. Cada vez chegam mais pessoas e cada vez fica mais apertado. Logo começam as reclamações. Eu também reclamo, só que internamente. Vem um *insight* da minha conversa com o Sr. Zuba. "Como eu quero ajudar as pessoas se estou reclamando quando as pessoas querem ajuda"? Me pergunto.

Percebo que do outro lado da rua existem algumas crianças andarilhas brincando com as águas da enxurrada. Ao meu lado tem uma moça que também sorri ao observá-las.

A chuva cessa e as nuvens começam a se dispersar. Mais uma vez, a moça olha para o céu e solta um sorriso bobo de canto de boca. Ela olha para o céu azul que vai surgindo como se olhasse para a esperança em um dia ruim. É um dos sorrisos mais verdadeiros que já vi na vida. De certa maneira, esse olhar para a vida do riso daquela moça despertou algo em mim. Continuo o meu percurso até em casa sentindo o mundo, sentindo tudo aquilo que era vivo e tudo aquilo que era sem cor. Tudo aquilo que era imóvel e todo o sentimento nos olhos de pessoas, que eu sequer tinha cruzado. Reparo nas modelos do outdoor, reparo nos garis que limpam a rua entre uma piada e outra, entre o dedo que limpa o suor do rosto e as mãos calejadas. Olho novamente para as modelos do outdoor, modelos de padrão. Olho novamente para os garis, modelos de vida.

O semáforo fecha. Eu preciso parar e esperar os carros passarem. Então se aproxima uma criança andarilha e me entrega uma foto e um bilhete. A foto é de uma senhorinha. O bilhete diz que é sua mãe, tem câncer e qualquer ajuda é bem-vinda.

Pensei em perguntar em qual horário ela estudava, mas por um instante acabei desistindo. A vida cobra algumas prioridades, e as pessoas que a gente ama são essenciais. Não acho nada justo julgá-la por isso. Peguei algumas moedas que tinha no bolso da calça e entreguei nas suas mãos. O menino me disse: "Que Deus te abençoe". Aquilo chegou ao meu coração de uma forma que você não pode imaginar. Dizem que, quando as coisas são de verdade, de certa maneira, a gente sabe. E eu soube. E eu senti.

O dinheiro não sobra muito, mas nunca faltou como, às vezes, a gente reclama. Pensei nisso quando peguei a foto da criança andarilha no semáforo. Minha mãe sempre disse que a felicidade está em enxergar o coração das pequenas coisas. Isso começou a fazer sentido.

Continuei meu caminho. Vejo três pessoas esperando para atravessar a rua, todas manuseando um telefone. Muito telefone na mão, pouco coração na boca.

Agora há pouco eu reclamei da vida. Talvez amanhã eu reclame de novo, mas no segundo seguinte eu vou parar, olhar o céu, reparar no mundo à minha volta e soltar um riso bobo. Em menos de um segundo posso não estar mais aqui para consertar as coisas.

Chego em casa, faço um afago no Charlie, abro uma cerveja que está na geladeira há décadas, faço um tira gosto, sento na poltrona, abro um livro e finjo ler. Nunca gostei de beber sozinho. Mas hoje eu preciso relaxar.

Charlie se aproxima e se aconchega entre as minhas pernas. Uma típica cena de filme de um solteirão largado às traças.

– Seremos nós dois até o final. Certo, amigão? – Charlie ergue a cabeça como se concordasse que sim. Amo esse vira-lata.

Tomo uma ducha e adormeço.

Tive que concordar com aquele aluno que não consegui identificar quando o professor Jaime deu o recado sobre os resultados e a prova de recuperação. A semana passou mesmo em um estalar de dedos e os meus dias se passarem praticamente em uma sequência de acordar, tomar café, procrastinar, ler, ver filmes, beber cervejas, procrastinar, brincar com o Charlie e dormir. Não exatamente nessa ordem.

Acordo com uma ligação do Caio:

– Acordei a Bela Adormecida?

– Obviamente. – Atendo ainda meio bêbado de sono.

– Estou ligando para saber a que horas a gente se encontra lá na faculdade.

– Que dia é hoje? Que horas são agora?

– O dia dos resultados. São exatamente 11h30.

– Putz! Acho que dormi demais de novo. Acho que as cervejas desses dias foram como remédio para insônia.

– Saiu para beber e não me convidou de novo?

– Bebi em casa. Solitário.

– Então está perdoado.

– Me dê só o tempo de comer algo e tomar uma ducha que te encontro lá.

– Beleza.

– Abraço.

– Abraço.

Uma hora e meia depois estamos, eu e Caio, dando voltas pelos corredores da faculdade à procura de um laboratório de informática que não esteja tão cheio. Acho que todo mundo teve a ideia de vir olhar os resultados na faculdade. Percebo isso porque parece que todos estão com cara de desespero.

– Será que estamos com cara de desespero como essas outras pessoas aqui? – Pergunto.

– Se eu estou, não sei. Mas você está pior do que elas.

– Você não sabe de nada, Caio.

– Sei de muita coisa.

– Por falar em não saber das coisas, como estão as coisas com a Paola?

– A gente tem se falado todos os dias, como sempre. Ainda não comentei nada com ela, mas depois dos resultados vou chamá-la para uma conversa.

– Parece que você está mesmo disposto a isso.

– É. Parece que estou.

– Quem te viu, quem te vê.

– Todo Pokémon evolui. – Ele ri.

– Será que você vai mudar mesmo, Caio?

– As pessoas mudam. A vida muda. Tudo muda. Como eu disse, eu nunca fiz sacanagem com ninguém. Se eu gosto de sair por aí paquerando, não tem problema, desde que eu seja bem claro com relação a isso. Com a Paola é diferente. Mesmo se eu quisesse, eu não conseguiria me imaginar fazendo qualquer tipo de sacanagem com ela. Acho que isso muda muita coisa aqui dentro. Porque se fosse outra pessoa, talvez eu não me importasse tanto. Com ela eu me importo.

– Cara, você está mesmo apaixonado. – Dou risada.

– Neste momento essa ideia de estar apaixonado não parece ser ruim.

– E se a Paola não quiser nada?

– Aí essa ideia de estar apaixonado passa a ser uma péssima ideia. – Ele choraminga.

Continuamos com um papo aleatório sobre a faculdade e a falta que ela poderia ocasionar nas nossas vidas até encontramos um laboratório mais acessível, mas ainda com uma certa disputa por computadores. Começa-se a formar uma aglomeração em torno deles. É nessa hora que a barriga dói e você sua frio.

Caio e eu seguimos em direções opostas dentro do laboratório.

Ele se assenta em um dos computadores na parte da frente e eu, com muito custo, consigo acessar um dos que ficam mais no meio da sala.

– Passei, passei, passei! – Ouço a voz eufórica de Caio lá na frente.

Sinto felicidade por ele, misturada com apreensão com o meu resultado. O sistema da faculdade pouco colabora com minha ansiedade. Está tão lento que parece ser movido a carvão. A lista se abre. As matérias estão escancaradas na minha frente. A uma tela de distância de mim. Estou um passo mais perto de um sonho. Começo a clicar em uma por uma no informativo indicado ao lado de cada matéria: "ver resultado." A cada segundo que antecede o próximo clique meu estômago faz um golpe contra o meu corpo, mas a cada aprovação um sorriso nasce no meu rosto. Chego na última matéria. Só falta uma. Estou a um clique de um dos momentos mais importantes da minha vida. Fecho os olhos e forço o meu dedo contra o mouse. Ouço o barulho do clique. Meus olhos se abrem lentamente: "Aprovado."

Um sentimento de alívio toma conta de mim. Meus ombros pesam toneladas a menos. As dores de barriga tornam-se borboletas felizes dentro do meu estômago. Que venha o exame da Ordem dos Advogados!

Corro para encontrar Caio.

Nos abraçamos. Não preciso dizer nada. Minhas lágrimas me denunciam.

– Conseguimos, irmão. Nós vencemos. – Ele diz.

Nos juntamos a outras pessoas que estão comemorando nos corredores da faculdade. Há muitas lágrimas. Abraços. Agradecimentos. União.

Ficamos ali por um bom tempo, até que Caio se vira para mim:

– Cara, a galera vai comemorar hoje à noite no Bar do Gordo. Dessa vez você vai, certo?

– Essa é a única certeza que eu tenho hoje. – Digo.

– Esse é o meu garoto. – Ele me dá outro abraço.

– Vou ligar para o Otávio. Ele precisa participar dessa conosco.

– Mas será que ele vai topar? Por causa da última vez... Vai ser a mesma galera.

– Creio que sim. É a nossa comemoração, e eu conheço o Otávio. Aquilo já ficou no passado para ele.

– Vai ser lindo: nós três juntos, como nos velhos tempos.

– Pode apostar que sim.

Me despeço do Caio e sigo em direção à minha casa. No meio do percurso, ligo para o Otávio.

– E aí, cara. Tudo bem?

– Tudo bem, Pedro. E você? Como está?

– Acho que vivendo um dos melhores dias da minha vida. Estamos indo à noite no Bar do Gordo comemorar a formatura com a galera. Estou te ligando para te intimar a ir.

– Poxa, cara! Com certeza irei.

– Só quero me certificar de que vai ser tranquilo para você por causa das coisas que aconteceram da última vez em que vocês estiveram lá.

– Aquilo virou passado, Pedro. Eu segui em frente.

– Eu já esperava por isso e fico muito feliz de saber que você não deixou isso te afetar por muito tempo.

– A gente precisa seguir em frente. Tem muita vida para ser aproveitada. Não podemos ficar parados lamentando as coisas.

– Você é ótimo, Otávio. Te vejo à noite, então?

– Esteja certo disso.

– Beleza. Preciso desligar. Estou chegando em casa.

– Boa sorte. – Ele me deseja.

– Valeu! Até à noite.

– Até.

Me esparramo na cama ao chegar em casa. Não me dou ao trabalho sequer de tirar o par de tênis. Os últimos dias foram de várias emoções. Eu mereço esse descanso.

Adormeço por alguns instantes.

Pouco depois, estou debruçado em cima do laptop, com a cara inchada por causa do cochilo que tirei, checando meus e-mails. Um dos primeiros é o comunicado da faculdade avisando que a colação de grau acontecerá daqui a um mês e, junto dele, uma convocação para ser o orador da turma. Sem perder tempo, me jogo em cima de um papel, pensando no que escrever. Aproveito a inspiração que a leveza de me formar traz. Deixo o sentimento tomar contar da mão que segura o lápis.

Escrevo. Apago. Escrevo de novo. Tomo um gole de café. Apago. Checo as horas. Escrevo.

As palavras tomam forma no papel. Parece-me que terminei.

O telefone toca. É o Otávio:

– Cara, estou ligando para avisar que eu e o Caio já estamos indo lá para o Gordo.

– Só vou ajeitar as coisas aqui e já encontro vocês lá.

– Combinado. Até daqui a pouco.

– Até.

Olho-me no espelho. Vejo uma pessoa que eu não posso deixar de amar e por quem não posso deixar de lutar.

"Todos os dias, não importa o que aconteça, é preciso se amar", digo para mim.

Vou deixando tudo para trás. Tudo o que corrói, tudo o que não constrói pontes, passagens, verdades e sonhos. Tudo aquilo do que eu preciso me despir. Meias verdades, meias palavras e meias pessoas. Venho aprendendo que devo deixar as metades irem embora e que uma vida inteira é tudo o que a gente luta para ter. Deixo para trás todas as culpas e abraço todas as possibilidades. Assim me encontro, me invento, me encanto, me começo, me amo, desde agora, até sempre.

Como o Otávio disse, é preciso seguir.

É MUITO BONITO E MADURO SAIR DE UMA RELAÇÃO COM INTEGRIDADE, SENDO SINCERO E TRANSPARENTE. E O NOME DISSO É CARÁTER. PESSOAS QUE FAZEM VOCÊ SE SENTIR MAL POR ERROS QUE ELAS MESMAS COMETERAM NÃO VALEM A PENA.

@FERNANDOSUHET

QUANDO VOCÊ É SACANA COM UMA PESSOA, O UNIVERSO COLOCA OUTRA PESSOA NO SEU CAMINHO PARA TE MOSTRAR COMO ISSO DÓI.

———

@fernandosuhet

X

Quando chego no Bar do Gordo, Caio e Otávio estão sentados a uma mesa à minha espera. O bar está cheio. Vejo rostos familiares com os quais já cruzei pelos corredores da faculdade. A noite tem um clima gostoso: céu estrelado e uma leve brisa que, juntamente com as cervejas dispostas nas mesas do bar, refresca. Otávio curte a noite como se nada tivesse acontecido na última vez. É tão bom quando você está se divertindo e as coisas que te fizeram mal no passado realmente ficaram no passado e não te assombram mais!

O som das conversas se mistura ao som de uma bandinha que toca ao fundo do bar. Eu e meus amigos conversamos entre goles de cerveja e risadas. Caio se levanta com um sorriso no rosto e vai ao encontro de Paola, que vinha em sua direção. Eles se abraçam apaixonadamente. A gente, de certa maneira, sabe quando vê um abraço apaixonado. Eles vêm em nossa direção.

– Ei, meninos. – Ela diz.

– Oi, Paola! Tudo bem? – Me levanto e dou um beijo em seu rosto.

Otávio repete o gesto.

– Caio e Otávio, essa é Paola. Paola, esses são meus amigos Caio e Otávio.

– A gente já se esbarrou pela faculdade. – Ela diz.

Eu e Otávio concordamos com a cabeça.

– Caio gosta muito de vocês. Às vezes acho até que sou trocada.

Damos risadas.

– São coisas diferentes. Você sabe. O amor às vezes nos deixa tão eufóricos que achamos que só a pessoa que amamos é importante. Quando essa pessoa vai embora, o nosso mundo desaba. Por isso temos que valorizar sempre nossos amigos. São eles que ajudam a arrumar a bagunça quando a pessoa que a gente diz que ama resolve dar umas voltas pelo mundo.

– Você me ama? – Ela pergunta ao Caio.

Ele engole em seco.

– Acho melhor a gente ir mexer o esqueleto. Já voltamos, pessoal. – Caio diz enquanto arrasta Paola para perto de uma galera que dançava.

– O garoto parece mesmo estar apaixonado. – Comenta Otávio.

– Parece-me que sim. Ele podia ter aproveitado a deixa dela e ter falado tudo logo.

– Com certeza ficou com vergonha da gente.

– Será? Poxa, somos amigos dele.

– Quer apostar que até o final dessa noite ele sai daqui em um relacionamento sério? Está na cara que um está amarradão no outro. Isso às vezes me deixa meio sem paciência. Essa demora para ser feliz logo.

– Ah, eu entendo o Caio. Ele estava com a cabeça a mil por causa das provas e tal. Assim como eu.

– É. Pode ser. Mas estou feliz que esse vagabundo esteja feliz. Ele merece.

– Também estou.

Percebo que alguém se aproxima da mesa.

– Oi, Otávio! Podemos conversar?

Era a Clara.

Otávio só levanta os olhos e diz:

– Olha, não tenho nada para conversar com você.

– Mas eu tenho.

– Vai lá, cara. Escuta o que ela tem para dizer. Resolve isso. – Eu digo.

– Vamos fazer o seguinte. Pode falar aí mesmo. Não tenho nada para esconder do Pedro. Inclusive, ele e o Caio me deram a maior força com a bagunça que você causou.

– Tudo bem. Eu queria te pedir perdão do fundo do meu coração pelo que aconteceu. Fiz um comentário totalmente infeliz que deve ter machucado muita gente. Acho que estou tão acostumada com caras sacanas que, quando chega um cara legal, eu estranho.

– Já faz algum tempo que eu te perdoei. Te perdoei no meu coração para eu poder seguir em frente e você também. Mas isso não significa que eu quero contato com você, entende? Te perdoei, mas não vou fingir que nada aconteceu. Acho que é melhor assim.

– Tudo bem. – Ela se afasta da mesa.

– Pesado isso, hein, cara? – Eu digo.

– Você acha que peguei pesado?

– Não. Estou falando do clima. Ficou um clima pesado aqui agora.

– Ah, ela que quis conversar. Mas foi melhor. Bom que ela segue em frente ciente do meu perdão.

– É. Não é tão fácil assim. Mesmo com o perdão de quem a gente machucou, a dor da culpa ainda corrói por um bom tempo.

– Aí já não é comigo. – Ele dá um gole na cerveja.

– Vamos esquecer isso. Afinal, hoje é dia de comemorar. Nós merecemos só as coisas boas desse mundo! – Enquanto falo, levanto o copo, propondo um brinde. – Nada menos que o incrível!

Caio e Paola retornam e se assentam na mesa. A cara deles é de felicidade. É tão bom curtir momentos felizes com as pessoas de quem a gente gosta. Ficamos conversando por horas. A conversa é saudável e o ambiente, alegre.

– Meninos, gostaria de parabenizá-los pela conquista. Vocês merecem demais.

– Nós merecemos demais. – Diz Caio, dando um beijo em Paola.

– Não vejo a hora de chegar a minha vez. – Ela acrescenta.

– Eu também não. – Otávio completa.

– Vai dar tudo certo para todo mundo, galera. A gente só precisa focar no que a gente quer e ter consciência de que esse caminho vai ter muitas pedras, mas desistir não é a melhor forma de chegar aonde nossos sonhos moram. – Digo.

Otávio aplaude.

– Esse é o meu garoto.

– O nosso garoto. – Caio corrige.

– Tenho sorte de ter vocês comigo. Ter um amigo é ter um irmão que não tem o mesmo sangue, mas, lá no fundo, sabemos que um pedaço da alma foi feito igual. – Digo.

– Vou ficar emocionado. – Otávio responde.

– É sério, galera. Espero que com o tempo as pessoas possam descobrir que a melhor riqueza, a riqueza mais legal é aquela que o dinheiro não pode comprar: o nosso bem-estar, a alma leve e amigos verdadeiros com quem contar. Não esquentem a cabeça: tudo aquilo que vocês sonharam em conquistar, vocês vão conseguir com seus próprios esforços, sem passar por cima de ninguém, porque eu sei que vocês são capazes.

Enquanto eu estava terminando de falar, percebo que Otávio muda de cor e Caio arregala os olhos.

Não entendi o que estava acontecendo até ouvir uma voz atrás de mim:

– Oi, Pepo.

Meu coração veio parar na boca feito fel, amargo. Tento controlar minhas pernas, que teimam em pulsar como se os músculos quisessem rasgar a pele e pular para fora. Só existe uma pessoa nesse mundo que me chamava de Pepo.

Tomo um gole de cerveja que mais se parece com um gole de coragem, finjo manter a calma e olho para trás. A imagem que eu vejo involuntariamente me mata por dentro. Um golpe sem o mínimo de piedade. Perco totalmente minhas reações físicas.

– Maria Eduarda? O que faz aqui? Há quanto tempo está aqui? Como assim? – Disparo um arsenal de perguntas.

– Cheguei há dois dias.

– Não! Pergunto há quanto tempo está aqui no bar!

As lembranças começam a vir à tona na minha cabeça e percebo meu tom agressivo de voz, que sai sem querer.

– Cheguei há pouco tempo. Estou ali com as meninas. – Ela diz, virando-se em direção a uma mesa rodeada de mulheres.

– O que aconteceu com você? Você saiu da minha casa aquele dia sem me dar o mínimo de explicações, seu telefone não existe mais, ninguém sabia de você. E agora, da mesma forma como você sumiu, você aparece? Como assim?

– Já imaginava que você teria algumas perguntas. Talvez a gente precise conversar. Mas não hoje, não agora. Já sei que isso aqui é uma comemoração de formandos. Este aqui é o meu número. Me liga quando der. – Ela me entrega um papel e se despede do pessoal na mesa, retornando para junto da mesa que tinha sinalizado.

Eu fiquei parado no tempo. Totalmente sem reação.

– Pedro? Pedro? Pedro? – Ouço a voz do Otávio ao fundo.

Não sei quanto tempo fiquei ali parado tentando entender o que tinha acabado de acontecer.

Sento-me novamente à mesa. Calado. Em silêncio total. Os sons externos se dissipam numa barreira invisível criada ao meu redor. Sou somente eu e meus dilúvios imaginários olhando para um pedaço de papel com números que dançam entre si ao embalo da minha mão trêmula.

Todos percebem que fiquei visivelmente abalado com esse encontro repentino.

– Já sei! Vamos lá para perto da banda para dar uma extravasada. – Otávio diz tentando consertar as coisas.

– Estou sem clima, cara.

– Então vamos lá fora tomar um ar.

– Pode ser. – Concordo.

Caminhamos para fora do bar e paramos na calçada.

– Uma surpresa e tanto, não é mesmo? – Otávio tenta me consolar.

– Logo agora, cara! Logo agora que eu estava indo tão bem. Apesar de nunca ter entendido como as coisas aconteceram, eu tinha começado a aceitar. Agora ela volta assim, do nada? Quem ela pensa que é? Ela pensa que minha vida é uma estação de trem onde ela passa quando quer? É isso?

– Calma, Pedro. Desse jeito você não muda nada e só maltrata a si mesmo. Ela te deu o número de telefone dela. Depois você liga e resolve isso.

– Quem disse que eu quero ligar para ela?

– Bom, eu achei que você quisesse. Afinal, já faz meses que você está em busca de respostas e agora elas estão nas suas mãos.

– Não sei se quero mais respostas.

– Se não quiser, está tudo bem. Mas você vai conseguir seguir em frente sem as respostas, com elas passando na sua frente durante o dia?

Permaneço calado e pensativo.

– Sabe, Pedro, um dia eu li que nosso maior erro na gramática da vida é não colocar ponto final em certas histórias. Para seguirmos de verdade, com o coração livre, não podemos deixar pontas soltas. É a nossa vida, cara. Só temos uma. Todo mundo aqui já está automaticamente em extinção. Só existe um de cada um de nós. A gente precisa cuidar muito disso. Então, se eu fosse você, ligaria para a Duda e resolveria isso logo.

Ouço as palavras de Otávio e ficamos ali calados por alguns instantes até que decido falar:

– Vou para casa. Não tenho clima nenhum para continuar aqui. Despeça do Caio e da Paola por mim e peça desculpas a eles.

– Tudo bem. Eu entendo. Quer que te acompanhe?

– Valeu, cara. Mas eu preciso mesmo ficar sozinho.

– Sem problemas. Qualquer coisa me liga.

– Valeu.

Sigo meu caminho até em casa, ainda atordoado com o que acabara de acontecer. A única coisa que ecoa na minha cabeça é: "Quem ela pensa que é?" Um misto de sentimentos ruins circula pelo meu corpo: raiva, ódio, impotência, dor, decepção. O problema da decepção é que ela só mata as coisas boas e só ensina a viver as coisas ruins. Prova disso é que eu me esqueço de todas as coisas legais que eu e Duda vivemos e só penso em como eu me senti um nada quando ela foi embora.

Ela não teve um pingo de consideração com a nossa história. Simplesmente resolveu tudo com um "não dá mais certo" que, a meu ver, foi completamente sem cabimento. Sempre procurei ser o mais íntegro possível, mesmo sabendo que sou humano e suscetível ao erro. Era só ter dito um motivo pelo qual não dá mais certo. É simples. O problema das pessoas é que elas preferem se calar a seguirem em paz e tentarem ser felizes.

Sem essa de dizer que a gente só dá valor quando perde. Se não deu valor durante, não vai dar valor depois, o que vem depois é apenas arrependimento ou solidão disfarçada de arrependimento.

A questão é que a gente nunca acha que vai perder de fato. A gente nunca acha que a pessoa vai cansar, virar as costas e sair pela porta. A gente nunca acha a pessoa vai apagar as fotos com você, nem que não vai mais te atender. Então, quando você perde alguém que não soube cultivar, você não passa a dar valor, você só sente tristeza e abandono.

Valor a gente dá em vida: café na cama, presentes sem data, abraço sem motivo e elogios sem porquês. Deixar de dar valor a alguém é pessoal. É uma falha do seu caráter, nada além disso.

É por isso que eu digo e repito: seja grato. Costumo dizer que a gratidão te torna atraente e raro. A vida se torna rara para quem sabe viver na gratidão e na reciprocidade. Para quem sabe seguir em frente sem ferir ninguém, para quem sabe perdoar – não por ter aceitado a perda, mas por ter encontrado o caminho do amor-próprio.

Um dia todo mundo se vai. Não deixe as pessoas irem sem levarem algo bom de você. Procure ser grato, recíproco, se doe, abra as portas e janelas, se deixe ir, abrace, recomece e, acima de tudo, dê valor a quem anda do seu lado.

Tento calar meus pensamentos ao entrar em casa. Encosto a cabeça na parede da sala como se fosse uma criança brincando de pique-esconde. Vou até a geladeira e abro uma cerveja. Coloco-me a andar pela casa, vagando como um bêbado pelas vielas. Abro mais uma. Outra. Outra. Outra. E mais outra.

Silêncio.

Abro os olhos. Percebo que estou no chão frio. A luz me incomoda profundamente. A boca está mais seca que um deserto. Minha cabeça pesa tanto que precisa ser pesada em toneladas. Um extraterrestre parece dançar no meu estômago. O cheiro de álcool mostra que a casa está quase em ponto de combustão. Busco olhar as horas no telefone que, não sei por qual motivo, está nas minhas mãos. Em vão. Ele está sem bateria. Tento erguer o meu corpo que parece comportar três de mim nesse momento. Minha cabeça dói. Entro no quarto e olho o relógio sob a cômoda. Ele indica 13h00. Como um estalo, apaguei em um dia e acordei no outro. Parece que sofri um blecaute. Desde que me despedi do Otávio, não me lembro de mais nada. Ligo o telefone na energia. Ele dá sinal de vida e logo chega uma mensagem:

"Você está bem?"

O número é desconhecido. Tateio as minhas calças e tiro do meu bolso aquele papel amassado da noite passada. Verifico. Era o número da Duda. "Mas como ela tem o meu número se eu não passei? Ou passei?", penso comigo. Começo a checar o celular e encontro a seguinte mensagem:

"Por você eu sobrevivi a todas aquelas merdas de horas daqueles dias que insistiam em não passar. Os dias em que eu tinha que ficar longe de você. Longe do seu cheiro, das suas roupas, da sua boca pedindo pela minha. Por você eu quis ser uma pessoa melhor. Larguei vícios e fiz desse sentimento uma vontade absurda de ser algo que eu nunca tinha sido.

Por você eu nunca sairia vencedor de uma discussão. Eu prefiro ver você sorrindo do que chorando. Reparei os meus defeitos e me desfiz dos meus enganos. Por você eu tive a certeza de que a vida nos devolve os sorrisos que nos foram tirados. Com você isso era tarefa fácil.

Por você eu aprendi a viver a vida como ela é, ressaltando os tombos, limpando os joelhos ralados, dividindo a dor e fazendo dela motivo para ficar erguido.

Mas você se foi sem nenhuma explicação cabível.

A verdade é que eu tentei. Me doei e me reinventei. Já tinha admitido para mim que esses erros não são meus. Esperar por alguém que foi dar uma volta pelo mundo sem hora para voltar é injusto com a gente mesmo. A vida não espera. Quando a gente menos espera, ela já foi. Escorreu pelos dedos. Ninguém deve adiar seus momentos de felicidade por causa de outra pessoa. Tem muito amor à espera. Amor é o que te abraça sem aperto nos braços. É o que te arrepia sem a presença dos corpos. É o que está a quilômetros, mas vibra na mesma frequência. Amor é o detalhe que as câmeras fotográficas não captam. É a verdade escrita em outros olhos. Amor não é só dizer eu te amo. Amor não são só três palavras na ponta da língua.

Desejei muitas coisas ruins para você pelo fato de não entender essa sua partida. Me disseram que eu devia me aliar ao tempo, que ele ajeitaria as coisas para mim, assim como ele faz para todo mundo. Era isso que eu estava fazendo. Eu me agarrei na roda do tempo, que eu não sabia aonde iria parar. Mas o importante é que eu estava indo. Até você aparecer. Quem você pensa que é para bagunçar a vida de alguém assim? Que tipo de ser humano você é? Você é tóxica."

– Puta que pariu! O que eu fiz?

Não que eu ache que ela não merecesse ler isso. Mas as circunstâncias deviam ser outras. Não esse meu estado deplorável. Eu sequer lembro como vim parar em casa. Há rastros de cerveja pelo chão, Charlie me olha com cara de julgamento, não aguento mais esse cheiro de álcool pela casa e pelo meu corpo, que parece que foi atravessado por um meteoro. Essas coisas precisam ser resolvidas na sobriedade.

Coloco o telefone sobre a cômoda e vou direto para a ducha. A água quente desce como um calmante.

Desmonto o meu corpo, agora na minha cama.

Adormeço.

APRENDEMOS DA PIOR FORMA QUE NÃO ADIANTA FICAR PROCURANDO PELA PESSOA, IR AONDE ELA ESTÁ INDO, FAZER BIRRA, DEIXAR DE SER VOCÊ PARA QUE ELA TE PERCEBA. QUANDO UMA PESSOA TE QUER NA VIDA DELA ELA TE COLOCA LÁ SEM TER QUE ESPERAR POR NADA.

@FERNANDOSUHET

SE NÃO ESTÁ CONFORTÁVEL, MUDE.
SE NÃO ESTÁ DANDO CERTO, MUDE.
SE NÃO ESTÁ FELIZ, MUDE.
SÓ NÃO MUDE A PESSOA INCRÍVEL QUE VOCÊ É PORQUE ALGUÉM TE FERIU.

———

@fernandosuhet

XI

Charlie começa a latir sem parar. Sou acordado pelo seu barulho junto à porta de saída de casa. Levanto-me na mesma dificuldade com que fui me deitar. Parece que tem um buraco negro no meu estômago. Abro a porta e começo a verificar em vão. Não há nada.

– Poxa, Charlie. Você devia respeitar a lei do silêncio. Não vê o meu estado? – Ele pouco se importa.

Volto para dentro de casa.

Vou até a cozinha e abro a geladeira. Ao ver as cervejas, tenho ânsia de vomito. Controlo-me como posso. Viro meu rosto na intenção de não mais vê-las e tateio até encontrar alguns legumes perdidos. Faço uma sopa no intuito de fazer um carinho no meu estômago. Me aconchego na pequena mesa da cozinha e ponho-me a degustar. Charlie se aproxima e começa a seguir os movimentos da colher até a minha boca.

– Charlie, seu recipiente está cheio de ração. Você não pode comer isso, senão vai aumentar seus níveis de sal no sangue.
– Digo como se eu entendesse alguma coisa de níveis de sal no sangue.

Ele resmunga e vai em direção a sua ração.

Volto para a cama e começo a encarar o teto, que a essa altura da vida já virou o meu melhor amigo. Se Caio e Otávio me virem pensando isso, eles vão fazer muito drama. Dou risadas sozinho.

Pego o telefone.

Começo a reler o que enviei para Duda. As palavras de Otávio começam a andar pela minha cabeça: "Se eu fosse você, resolveria isso logo".

Eu quero ligar, mas alguma coisa dentro de mim parece que me impede. Aperto o botão para chamar e desligo sucessivas vezes.

– Coragem, Pedro! Coragem!

Acho que realmente Otávio tem razão. As respostas podem estar a um passo de mim. Chega de ter noites de insônia alimentando porquês e criando fins imaginários.

Tomo um gole de coragem para ligar.

Antes de apertar o botão para chamar, o telefone toca. É o Otávio. Será um sinal divino? Pergunto-me.

– E aí, cara? – Atendo.

– Estou ligando para saber se você está vivo. Parece-me que sim.

– Ou então você discou para o além sem perceber.

– Não fala besteira, Pedro.

– Minha cota de besteiras foi encerrada na última noite. Mas estou pensando em adquirir um pacote extra.

– Você saiu meio alterado do Gordo ontem. Fiquei receoso do que poderia acontecer. Mas compreendi que você precisava de um tempo sozinho.

– Você me conhece, Otávio. Não faria nenhuma loucura. O máximo que fiz foi acordar hoje no chão da sala com várias cervejas ao redor. Mas está tudo bem. Cerveja não mata. O que mata é o amor.

– Ah, pronto! Vai começar a descrença novamente.

– Se for para começar a me dar lição de moral eu dispenso.

– E não é isso o que os amigos fazem?

– Sim. Mas não hoje. Podemos deixar a lição de moral agendada para amanhã.

– Acho que sua própria consciência vai se encarregar desse trabalho. Não vai precisar de mim.

– Ah, muito obrigado por me lembrar.

– E aí, já resolveu seu problema?

– Não. Estou esperando a coragem aparecer.

– E você acha que ela vai aparecer de supetão, como se fosse a Duda ontem?

– É. Acho que não.

– Lá no fundo a gente sabe quando não está certo, quando aperta o coração e tira o nosso bem-estar emocional. Você precisa ter coragem para mexer nessa ferida para que ela possa cicatrizar de vez.

– Na verdade, eu meio que tomei coragem e, quando eu ia ligar, você ligou.

– Não seja por isso. Vai resolver isso logo. Se precisar estarei por aqui. E depois te conto as novidades da noite de ontem.

– Conta agora.

– Não enquanto você não resolver seus problemas.

– Tudo bem.

– A gente se fala. Abraço.

– Abraço.

Desligamos.

Sem perder tempo, já aproveitando as ideias quentes da conversa com Otávio, ligo para a Duda.

O telefone chama uma, duas, três, dez vezes e nada. Desligo.

Não demora um minuto e ela retorna. Quando vejo o número pelo visor do telefone minhas mãos tremem e o coração acelera. Não adianta mentir para mim mesmo. Meu corpo me denuncia.

– Oi, Pepo. – Ela começa com um tom suave.

– Oi. – Eu tento disfarçar a voz trêmula.

– Como sabia que era eu? – Completo.

– Bom, acho que você me mandou uma mensagem altas horas da noite.

– Ah.

Paira um silêncio sobre a conversa.

Até que ela continua:

– Acho que você tem algumas perguntas e gostaria de saber por onde você quer começar.

– Assim não, Maria Eduarda.

– Assim não o quê?

– Essas coisas não se resolvem assim por telefone. Essas coisas se resolvem cara a cara, por mais difícil que isso seja. Quando a gente entra numa relação com caráter é preciso sair dela com caráter também.

– Está tudo bem. Se você quiser eu estou disponível amanhã à tarde.

– Para mim está ok também.

– Pode ser naquele parque aonde costumávamos ir, perto da Praça Central?

– Pode ser. Que horas?

– Hum, estarei lá às 17h!

– Combinado. Agora preciso ir. Preciso levar o Charlie para passear. – Dou uma desculpa para desligar.

– Bom saber que ele ainda está por aí.

– Sempre esteve. A gente não se abandona.

– Não precisa disso, Pedro.

– Disso o quê?

– Você entendeu bem o que você disse.

– Hum.

– Até amanhã, então. – Ela encerra.

– Até.

Desligamos.

Respiro fundo. Ouvir novamente a voz da Duda me causa uma certa paz. Mas não posso pensar assim. Preciso recobrar a consciência de tudo o que aconteceu. Não posso deixar a emoção falar mais alto até saber o que foi que aconteceu.

Estou completamente aceso. Também não seria diferente, pelo tanto que dormi. Penso no que posso fazer.

Estudar? Não, já fiz isso loucamente nos últimos dias.

Passear com o Charlie? Talvez não seja exatamente uma desculpa... Mas também não. A não ser que minha alma caminhe sozinha, porque o corpo...

Dar mais uma olhada no discurso de formatura? Acho que também não. Gostei do jeito que ficou.

Ligar para o Caio para saber se ele já está namorando? Essa seria uma boa alternativa, mas, se ele quiser, ele que ligue. Não quero parecer enxerido.

Ver um filme? Claro! Ver um filme!

Acesso o *streaming* pelo laptop e ponho-me a vasculhar os títulos disponíveis.

– Esse não, esse não, esse também não, esse talvez, esse também talvez, mas não é uma boa ideia vê-lo hoje. Passam-se mais de trinta minutos nesse vai e volta de títulos. Por fim, decido ver um romance, que é para desandar tudo. Tem dias em que a gente gosta é do estrago. Mas hoje é sem me embriagar.

A história se passa na Inglaterra do século XVIII, numa família em que existiam cinco irmãs. Sua mãe tinha uma fixação louca para casá-las para que garantissem o seu futuro. Quando um homem rico se torna seu vizinho, elas ficam bem agitadas. Uma delas parece que logo vai conquistá-lo, enquanto outra irmã conhece outro pretendente. Quando estes dois se encontram, voam faíscas, embora haja uma química óbvia entre eles. A fotografia do filme me chamou a atenção de tão bonita.

Em uma parte do filme, começo a imaginar que eu e Duda estamos naquela cena, o que me faz desistir de ver o filme e ficar muito puto comigo mesmo. "Seria eu dono de um coração burro? Ou seria ele dono de mim?", me pergunto.

É péssimo quando você precisa não gostar da pessoa, mas não consegue. A ideia de ver o filme para esquecer deu totalmente errado. "Mas você também parece bobo, Pedro! Quer esquecer uma pessoa vendo filmes de romance? Parece-me que gostar do estrago não é tão legal assim, não é mesmo? Cheio de filmes de guerra e terror para ver. Antes ter medo de uma assombração do que vontade de ligar para aquela pessoa.", continuo me martirizando.

Deito-me na cama e tento pegar no sono.

A ansiedade do encontro de amanhã toca a campainha da minha mente e entra sem que eu precise abrir a porta. Mexo de um lado para o outro. Até que, por muita insistência, consigo dormir.

O dia amanhece bonito. Pela janela do quarto vejo pássaros em voo pelo céu azul. Não há sequer uma nuvem no bendito céu. Tem dias em que parece que Deus sopra aos nossos ouvidos: "Deixei isso aqui bem bonito para você perceber que a vida continua e que ela pode ser bem bonita."

Faço o meu café, assento-me na poltrona e coloco-me a pensar. Daqui a pouco é o final de semana. Enfim, menos alguns dias para a formatura. Depois desse "enfim" vem a certeza de uma vida adulta. Fazer o exame da Ordem, procurar emprego e deixar de ser estatística. A casa não se mantém sozinha e não quero que o proprietário me cobre o aluguel. Para mim sempre foi questão de honra arcar com os meus compromissos.

As horas do dia passam, lentas. Já fiz tudo o que se pode imaginar. Até mesmo faxina na casa, que, confesso, ficou esquecida durante os últimos dias. Espero que ela me perdoe. É preciso abdicar de algumas coisas em favor de outras.

Já perto das 17h, me arrumo e sigo em direção ao parque. Parte do caminho eu sigo tranquilo, pensando no que vou falar. Quem será que começa a conversa? Eu? Ela? À medida que vou me aproximando, a boca começa a amargar e a ficar seca. O corpo começa a tremer. Mas sigo em frente.

Logo avisto Duda. Ela está sentada na grama do parque e traja um vestido florido e essas sandálias do tipo rasteirinha. Por que raios as pessoas se vestem da maneira que vai impressionar a pessoa com quem elas já se relacionaram? Golpe baixo do caramba. Ela está linda.

Aproximo-me tentando disfarçar o nervosismo.

– Oi, Pepo. – Ela sorri.

– Pedro, por favor. Acho que Pepo já não faz mais sentido.

– Ah, tudo bem. Então "oi, Pedro".

– Oi, Maria Eduarda.

– Vamos nos assentar aqui mesmo? – Ela pergunta.

– Por mim pode ser. Tem uma vista legal aqui.

– É, tem. Parece-me que não mudou nada ao longo desse tempo em que estive fora.

– Alguma coisa sempre muda. O que era ontem já não é mais hoje. Uma folha mudou de lugar. Uma árvore cresceu mais um pouco. As crianças já não têm mais a mesma idade. É o ciclo da vida.

– E você? Mudou?

– Algumas coisas sim, outras não.

– Você sentiu minha falta? – Ela pergunta.

– Ausência demais não gera saudade. Gera esquecimento. – Respondo desviando os olhos para que ela não perceba a mentira que eu disse. Na verdade, eu senti falta dela quase todo santo dia com tudo o que ela deixou para trás. A escova de dentes, os cabelos no pente, os recados na geladeira, os pares de meia trocados, os pratos na mesa, o brigadeiro na panela, o cobertor esperando o formato dos nossos corpos e o filme esperando o *play* para um final feliz. Estava tudo ali, no mesmo lugar. Enquanto ela não voltava, eu ficava bêbado de doses de saudade todos os dias.

– Por vezes senti a sua. – Ela confessa.

– "Por vezes"? Se tivesse sentido teria ligado. É isso o que a saudade faz. Ela faz a gente passar por cima de todo orgulho. Pobre do coração que deixa o orgulho ser maior que a saudade.

– Foi melhor assim, Pedro.

– Melhor para quem? Para você?

– Não fala assim.

– Maria Eduarda, você saiu da minha casa meses atrás simplesmente dizendo que não dava mais certo quando a gente se dava muito bem. E você sabe disso. Você tem noção de como eu fiquei? De como eu me senti?

– Você acha que só você sofreu, Pedro.

– Sim, eu acho! Porque até agora eu só tenho motivos para achar isso.

– Eu tive que fazer escolhas muito difíceis.

– Quais escolhas? Aliás, o que houve? Por que você foi embora daquela maneira?

– Meu pai foi transferido de cidade pela empresa. Foi tudo de última hora. Pensei que fosse melhor assim. Ter um fim de uma vez ao invés de ficarmos sofrendo um pouquinho a cada dia.

– O quê? É uma brincadeira?

– Não, Pedro.

– Sua maturidade fica onde?

Nesse momento uma lágrima escorre no rosto de Duda.

– Não me julgue, Pedro. Você não tem noção do tamanho do buraco que ficou dentro de mim depois que saí da sua casa naquele dia. Como disse, foi tudo de última hora. Eu não sabia o que fazer. Fiquei confusa.

– Pessoas que não sabem o que fazer e que não sabem o que querem machucam pessoas incríveis.

– Olha, Pedro, eu entendo a sua mágoa. Talvez as coisas pudessem ter sido diferentes. Só gostaria que você também me entendesse. Se quiser, não precisa me perdoar. Você acha que conseguiríamos viver assim? Comigo a milhares de quilômetros daqui, sem expectativa nenhuma de voltar? Você acha que não, mas eu pensei em você e em como te proteger disso tudo.

– Era bem simples. Era só dizer a verdade. Eu escolho o que fazer com ela. Quando você deixa de dizer a verdade para uma pessoa para não a machucar, você já a machucou.

– Sou humana, Pedro. Eu erro.

– Poderíamos ter dado um jeito. Juntos. Por que você voltou?

– Meu pai foi bem na outra cidade, então foi promovido para um novo cargo aqui.

– Vocês vieram para ficar?

– Não sei. Ninguém sabe o que vai acontecer daqui a dez minutos.

– É, ninguém sabe. Mas de uma coisa eu sei.

– O quê?

– O que eu errei antes não quero errar daqui a dez minutos.

Duda fica cabisbaixa.

– Você está julgando o meu erro. É injusto. Fica parecendo que só você é perfeito no meio de milhões de pessoas a seu redor. Todo mundo vai falhar com alguém um dia. Isso não te torna perfeito, muito menos imperfeito. Isso te torna humano.

– Ia ser um dia perfeito. Eu já tinha imaginado tudo. Você na casa dos meus pais. O Charlie correndo pelo quintal atrás dos pássaros. Minha mãe contando como eu era quando criança e meu pai maravilhado com minha cara de felicidade. Isso só existiu dentro da minha cabeça. É por isso que ainda não decidi se expectativa é ruim ou não. Ela faz a gente criar coisas e sofrer com elas depois. Mas também são elas que nos movem a fazer algo novo. A expectativa parece-me mais confusa que você.

Duda dá uma pequena risada.

– Acho que todos nós somos um pouco confusos. O que vale é não passar por cima de ninguém, saber admitir o erro e se desculpar pelas coisas não legais que fizemos. Você me desculpa? Mesmo querendo te proteger, talvez eu não tenha feito a melhor escolha.

– Preciso de um tempo para processar isso tudo.

– Tudo bem, eu te entendo.

Ela continua:

– Agora vou precisar ir embora. Marquei um chá da tarde com uma amiga que ainda não vi depois que voltei.

"Chá da tarde? As pessoas ainda marcam esse tipo de evento?", penso comigo.

– Tranquilo. Continuarei aqui mais um pouco. A brisa está gostosa.

Ela se inclina para me dar um abraço. Eu cedo e ela se demora ali por alguns segundos. Depois de tanto tempo, de tudo o que reclamei meses atrás e de tudo o que acabei de falar, o abraço dela ainda tem o cheiro de casa quando você retorna de uma viagem longa.

A imagem de Duda vai desaparecendo por entre o verde do parque.

Assento-me novamente na grama, como nós fizemos várias vezes. Mas hoje o sentimento é diferente. É impressionante a capacidade que o tempo tem de mudar o roteiro das nossas vidas. Permaneço ali por um bom tempo até as estrelas começarem a dar um espetáculo no céu. Se tem uma coisa da qual eu gosto muito nessa vida, é o céu. Essa imensidão toda acima da nossa cabeça nos lembrando que somos pequenos perante a ele, mas gigantes dentro de nós.

Decido voltar para casa acompanhado pelo brilho das estrelas que dançam e piscam no céu.

Em casa, Charlie me recebe totalmente agitado.

– A noite está bonita, amigão. Vamos dar uma volta? – Pego sua coleira, sua guia e as coloco nele.

Caminhamos por cerca de uma hora pelas ruas do bairro aproveitando a noite agradável com a qual o céu nos presenteava.

Otávio tinha razão. Depois da conversa com Duda, eu me sinto melhor só de saber a verdade. Mas, ainda assim, não paro de pensar em como seria se ela tivesse dito a verdade naquele dia. Só sei que eu daria um jeito. A gente sempre dá um jeito quando quer muito alguma coisa.

De volta à casa, assento-me na poltrona e começo a reler algumas coisas, já me preparando para o exame da Ordem que virá daqui a alguns meses. Lembro-me também da colação de grau. Mantenho-me calmo no momento, mas a ideia de falar em público me incomodará quando estiver chegando a hora.

Ajeito as coisas e deito-me na cama. É nesta hora que os meus pensamentos, como se fossem uma criança recém-nascida, decidem acordar.

Eles vêm na voz de Duda: "Você me perdoa?"

Dou uma olhada nas horas. O relógio indica 22h17. Será que o Caio está dormindo?

Coloco o telefone para chamar.

Não demora muito e ele atende:

– Grande Pedro! Como vai? Isso é insônia? – Ele dá risadas.

– Talvez. Estou te usando para passar o tempo. Você é minha cobaia.

– Que honra!

– Estava dormindo? Atrapalho?

– Não. Na verdade, acabei de deixar a Paola em casa.

– Que cavalheiro.

– Não é isso que os namorados fazem?

– Não acredito. Quando foi isso?

– Lá no Gordo mesmo. No final da noite, na hora de ir para casa, eu tirei as armaduras, abri o coração, fui sincero como sempre e ela foi recíproca com tudo. Foi até mais fácil do que tinha imaginado.

– A reciprocidade torna as coisas mais fáceis.

– E mais bonitas também. Me conta! Otávio me disse que você ia ligar para a Duda.

– Liguei. Nos encontramos e conversamos hoje à tarde.

– Como foi? Você está bem? Porque lá no Gordo você deu uma pirada, com razão.

– Estou bem. Ah, conversamos e ela contou o porquê de ter ido embora.

– E qual é o porquê?

– O pai dela foi transferido pela empresa para outra cidade.

– Complicado.

– Ela disse que queria me proteger etc. Depois disse que talvez não tenha sido a melhor escolha e me pediu perdão. O que você acha?

– Cara, como disse, é uma situação complicada. Ela poderia ter dito a verdade logo, mas também entendo um pouco o lado dela de não ficar postergando o sofrimento que vocês teriam longe um do outro. Contudo, eu fico com a primeira opção. Quando a gente diz a verdade, quando somos transparentes, provavelmente não vamos precisar pedir desculpas no futuro.

– Você acha que devo desculpá-la?

– Todo mundo erra, Pedro. E acho que em diferentes níveis. Tanto que tem coisas que a gente chama de erro bobo. Mas eu não sei o que você passou e o que você sofreu. Então eu prefiro não opinar.

– Foi isso o que ela disse: "todo mundo erra". Depois que inventaram a palavra "desculpa", ficou muito fácil errar com as pessoas.

– Você ainda está muito magoado, Pedro. Enquanto você não se livrar disso, não vai conseguir enxergar além.

– Não sei se é mágoa. Talvez seja decepção.

– Uma coisa gera a outra. É tudo farinha do mesmo saco e você precisa se livrar disso. É como se você fosse um barco e isso fosse a âncora. Você não vai velejar para alto-mar e ver o pôr-do-sol sem se livrar disso. Pense nisso.

– Vou pensar.

– Agora preciso dormir. Essa coisa de namorar é boa, mas cansa o corpo. – Caio diz na gargalhada.

– Boa noite, amigo! Estou feliz que você está feliz. Obrigado pelas palavras. Vou pensar no que você disse.

– Faça isso! Boa noite.

NÃO QUERO TER MUITAS COISAS. SOU A SIMPLICIDADE, A GENTILEZA E UM PRESENTE FORA DE HORA. NÃO QUERO TER MUITAS COISAS NEM PEDIR DESCULPAS PELA MINHA INTENSIDADE. JÁ AMEI, AMO E VOU AMAR ATÉ O FIM DOS MEUS DIAS. SÓ QUERO TER A MEU LADO PESSOAS DE ALMA BOA. ELAS, SIM, TÊM UM LUGAR AQUI DENTRO, COM VARANDA DE FRENTE PARA O MAR. MAS, SE VOCÊ ME ENTENDE, NÃO QUERO TER MUITAS COISAS. GOSTO DE QUEM SABE QUE A BELEZA DA VIDA NÃO É TER. É SER.

@FERNANDOSUHET

CANTE SUA MÚSICA PREFERIDA, ESTEJA COM QUEM FAZ QUESTÃO DA SUA PRESENÇA, SEJA LUZ NA ESCURIDÃO, NÃO DEIXE QUE NINGUÉM DIGA QUE VOCÊ NÃO É CAPAZ. A VIDA É UM PERDE E GANHA, MAS, PELO AMOR DE DEUS, NÃO PERCA A FÉ EM VOCÊ.

————

@fernandosuhet

XII

Acordo com um sentimento de estar perdido no tempo. Não faço ideia de que dia é hoje. Quando não se tem mais aquela rotina definida, talvez seja normal se perder. Eu nem vi o tempo passar. Já faz aproximadamente um mês desde a minha conversa com a Duda. Vez ou outras nos esbarramos pelas ruas do bairro. Ela com o olhar doce de sempre e eu com minha cara de quem está se perguntando o que é que está acontecendo. Confesso que começo a sentir falta da faculdade e do escritório do Sr. Zuba. Olho para o céu. Hoje está com cara de meio de semana. Logo em seguida checo o visor do telefone. Eu estava certo. É quarta-feira. Corro até o calendário da geladeira. Me dou conta de que faltam dois dias para a colação de grau.

Proponho, para mim mesmo, passar esses dias antes do final de semana trancafiado estudando para o exame e cuidando de mim. E, claro, do Charlie também.

Assim o faço.

No meio dessa proposta que fiz a mim mesmo, também dou uma passada na casa dos meus pais. É bom estar junto dos meus velhos e compartilhar das suas sabedorias de vivência nesse mundo louco. Seu Jorge perguntou-me sobre como me sentia em relação ao exame da Ordem dos Advogados. Eu disse que me causa menos assombro do que continuar parte da estatística de desempregados e não conseguir pagar as contas. Ele me disse que segurava as pontas caso eu precisasse. Recusei. Não por orgulho, mas não quero cair numa situação cômoda. Sei também, se precisar, a quem recorrer. Digo a eles para se prepararem para a formatura.

Sigo em casa cumprindo o meu acordo e evitando pensar na conversa com a Duda.

Coloco o relógio para despertar mais cedo e ele apita anunciando um novo dia. O dia de me formar.

A primeira coisa que faço é dar mais uma lida no discurso. Eu sei, está um pouco em cima da hora para mudar alguma coisa. Sempre bate uma insegurança pedindo para checar tudo.

O dia se arrasta. Meu pai uma vez disse-me que quem acorda cedo vive mais. Talvez esse seja o motivo do lento caminhar das horas. Elas devem estar otimizando o tempo.

Arrumo a casa, alimento a mim e ao Charlie e continuo os estudos. Perto da tarde, decido tirar um cochilo para descansar a mente e acabo dormindo mais do que tinha planejado. Acordo em cima da hora para me arrumar para a formatura. E acho que só acordei porque meu pai ligou perguntado se eu queria uma carona. É óbvio que eu quero. Imagina só se vou chegar na cerimônia suando e com a língua para fora feito o Charlie.

Coloco uma música e começo a me arrumar.

Meus pais chegam e buzinam lá fora.

Entro no carro e minha mãe diz:

– Como você está bonito, meu filho.

– Obrigado, mãe. Vocês estão mais. E não esquenta que daqui a pouco a beca estraga essa produção.

Ela dá risadas.

– E Alice, mãe?

– Conversei com ela pela manhã. Ela disse que quando chegasse por aqui me ligaria.

Seguimos o caminho até o complexo no Centro da cidade onde será realizada a cerimônia.

Ao descer do carro, bem na entrada, já avisto Caio e Paola:

– Acho que vim para o evento errado. Não sabia que era o casamento de vocês. – Digo sorrindo.

– Se ela aceitar a gente já casa hoje mesmo. – Caio responde.

Paola dá risadas.

Caio continua:

– Vamos indo, que estamos atrasados para vestir as becas.

– É necessário mesmo vestir aquela coisa?

– É o protocolo. Você, como quase advogado, deveria segui-lo.

– Tudo bem. Você me convenceu.

Meus pais se aproximam.

– Paola, esses são meus pais. Pai, mãe, essa é a Paola, namorada do Caio.

– Oi, Paola. – Eles dizem.

– Oi, Caio. Há quanto tempo não nos vemos. – Minha mãe diz.

– Pois é, Dona Marta. Essas adversidades da vida nos afastando de pessoas tão boas quantos vocês. Mas prometo que vou aparecer mais vezes para comer aquele churrasco do Seu Jorge.

Papai sorri com cara de felicidade.

– Amor, faça companhia aos pais do Pedro. Eles são como os meus pais.

– Não precisa se incomodar, Caio. Sua namorada deve ter tantos outros amigos a quem fazer companhia. Eu e Marta ficaremos bem. – Meu pai responde.

Nesse momento uma voz diz:

– Deixa que faço companhia a eles.

Era o Otávio, que acabara de chegar.

Nos abraçamos.

Caio e eu seguimos em direção às becas enquanto os demais continuam a prosa.

A cerimônia se inicia.

O complexo está cheio. Familiares, amigos, corpo docente. Tudo se mistura com os flashes dos fotógrafos até que o mestre de cerimônia anuncia:

– Convido o formando Pedro Lacerda, do curso de Direito, para proferir o discurso.

Caminho até o púlpito tomando cuidado para não ser traído pelas pernas. Neste momento, elas estão completamente bambas.

Inicio:

Digníssimo reitor, corpo docente, familiares e amigos aqui presentes, boa noite. É com enorme carinho e privilégio que venho aqui representar a 12º turma do curso de Direito. Começo com o seguinte recado: quando as pessoas olham para as coisas que conquistamos, elas enxergam só o que elas querem. Quando eu olho para as coi-

sas que nós conquistamos, eu enxergo noites mal-dormidas, surtos, cabelos brancos, suor, pele marcada pelo sol, inúmeras vontades de desistir e uma coragem enorme de continuar. Então, não se diminuam pelos julgadores de plantão. Eles não sabem nada sobre você. A vida é sua. Não se desculpe por ela. Trilhamos este caminho até aqui e só nós sabemos de tudo o que tivemos que abdicar. Sintam orgulho do seu caminho e agradeçam sempre aos que colaboraram com vocês. Já deixo aqui o meu agradecimento para os meus pais, Jorge e Marta. Desde que nascemos, somos moldados para seguirmos padrões. O sistema não brinca. Somos pressionados para sermos alguém na vida. E, convenhamos, essa ideia é muito chata. Todo mundo é alguém na vida. Se informem para mudar as coisas para melhor e não para se acharem melhores que todo mundo. Se eu sou melhor que vocês em alguma coisa, vocês são melhores do que eu em outra. Existem atitudes melhores que outras atitudes, mas não pessoas melhores do que outras pessoas. Ser bom não significa ser o melhor. Ser bom significa cuidar do outro. O mundo tem muito julgamento e pouco acolhimento. Nós estamos aqui para mudar. Nós somos o progresso. Para finalizar, eu deixo um conselho que, na verdade foi um aprendizado:

"Aprendi que, por mais valor que você tenha dado a uma pessoa, na hora de ir embora alguns não vão se lembrar disso. Aprendi que amar é bom para quem sabe o valor de um coração. Que cantar alto traz uma certa felicidade. Que ter amigos é saber que uma mão vai te segurar. Que reclamar não adianta muita coisa. Que sorrir é espantar os males. Que alguém sempre vai sumir. Que abraçar cura a saudade. Que a gente sempre tem algo a aprender. Que lados bons existem. Só que nem sempre a gente sabe enxergar. E nem sempre a gente precisa ver: 'O essencial é invisível aos olhos'."

Bem que disseram! Mas a gente busca, sem noção do que é o infinito, ver o que só se pode sentir. Por mais valor que você tenha dado a uma pessoa, na hora de ir embora, alguns não vão se lembrar disso. E que bom que se esquecem. Para que a gente possa aprender *a seguir. Sem olhar para trás. E sem chorar de arrependimento. Se foi feito com o coração, a razão vai saber entender. E vai conseguir tirar uma lição. Porque lados bons existem, mas ruins também. E é aí que a gente cresce e nunca se esquece de que a felicidade é a gente que faz. O outro só a desfaz se a gente permitir. E eu só me permito ser feliz.*

Além disso, nem sempre vão gostar de mim. Porque amadurecer é uma escolha. E o medo pode ser vencido. Afinal, meus passos, se não forem dados por mim, não vão me servir de muita coisa. Assim sigo, vivendo intensamente todos os dias, senão não terei lindas histórias para contar nem boas risadas para dar. Aprendi que um beijo pode trazer alegrias, com o encontro de dois lábios apaixonados, e tristezas, se dado sem o coração. Que um simples bom-dia pode colorir o dia de alguém. Que a palavra verdade só tem um lado, e que é a ele que devemos nos agarrar. Que sempre vou me lembrar dos conselhos dos meus pais. Que cada pessoa tem uma opinião, e você não será maior do que ninguém por isso. Que o amanhã é incerto, mas o fim é certo. Que os sonhos me fazem abrir os olhos todos os dias, mas é a realidade que não permite que eles se fechem, porque voar é bom, mas ter os pés no chão é preciso. Assim como ser feliz, ainda que a tristeza exista. E as decepções também. De toda forma, o muito que a gente aprende ensina a respirar – sem sufocar. Mas perdendo o fôlego – de emoção, de verdade, de coisas boas, com momentos felizes. É o que a gente leva. E nada mais. Para quê perder tempo – e vida – com coisa pouca? Alegria é ir além apesar de tudo o que é ruim, e graças a tudo o que é bom. Alegria faz a gente se eternizar, ainda que com a certeza do fim. Porque o imortal vive dentro de cada um. Como o essencial, que os olhos não conseguem enxergar.

Aprendi que a felicidade mora bem perto e, por mais que algo aconteça, eu não devo desistir nunca. Porque vida e coragem, apesar de terem sentidos diferentes, têm forças iguais.

Obrigado!

Um som ensurdecedor de palmas toma conta do complexo. Alguns rostos têm sorrisos, outros têm sorrisos misturados a lágrimas. Ao ver essa cena eu faço um pedido para o universo: que toda marca de lágrima nos nossos rostos seja de felicidade.

Ao término da cerimônia, encontro todos reunidos perto da saída: meu pai, minha mãe, Otávio, Paola e Caio.

– Mãe, onde está Alice?

– Ela me ligou e disse que não estava se sentindo bem. Pediu milhões de desculpas.

– Poxa, que chato.

– Que tal mais uma comemoração no Bar do Gordo? A ocasião pede! – Caio puxa a empolgação dos demais.

– Cara, seria ótimo. Mas sem essa maldita beca.

– Acho que vocês deveriam ir assim. – Otávio opina.

– Pai, mãe, vocês vêm com a gente?

– Não, meu filho. Estamos cansados e eu preciso abrir a floricultura amanhã. – Meu pai e minha mãe aproveitam para se despedirem de nós.

Caio e eu seguimos para retirarmos as becas enquanto Otávio faz companhia para Paola.

Ao dobrar uma das esquinas dos corredores do complexo, uma surpresa. Dou de cara com Maria Eduarda.

– Posso dar um abraço no formando?

Demoro quase um minuto para responder.

– Claro! Pode sim!

Nos abraçamos.

O abraço ainda tem forma de lar.

– Estamos indo comemorar no Bar do Gordo. Vamos? –Caio quebra o clima.

– Olha, na verdade, eu já estava indo para lá com a galera. – Duda responde.

– Nos vemos lá? – Ela pergunta.

– Acho que sim. – Respondo.

Ela se despede e seguimos.

Já na sala para a retirada das becas, me viro para o Caio:

– Por que chamar a Duda?

– Mas ela já estava indo.

– Mas se não estivesse, você teria convidado.

– Deixa de ser chato, Pedro. Só fui cavalheiro. E você acha que não reparei na cara dela quando te abraçou?

– Que cara?

– Cara de quem voltou a um lugar que não visitava há muito tempo e se lembrou de como era bom estar nesse lugar. Essa foi a cara dela.

– Já não basta a vida, agora você também quer me iludir.

Caio ri.

Nos juntamos ao Otávio e à Paola e seguimos para o Gordo.

A noite é agradável. O bar está cheio como sempre, afinal, a cidade inteira vem aqui. Depois da última briga que tivemos lá em casa, hoje as cervejas já voltaram a ser minhas amigas. Lembro que fui derrotado. É preciso saber perder.

A maioria das pessoas está em pé. Algumas conversam, outras dançam. A música colabora. Nos juntamos a um grupo de amigos que, depois, recebe também o grupo da Duda. É engraçado que a presença dela não me incomoda como da última vez. Não sei se pelo meu êxtase de felicidade ou se pela nossa conversa, por eu já saber o que aconteceu.

A curtição flui noite adentro. Conversamos, dançamos, rimos, nos abraçamos e fazemos juras de amizade eterna nesse clima que frequentadores de bares bem conhecem. A nostalgia, potencializada pelo nível alcoólico das pessoas presentes, começa a bater antes da hora. Como se a saudade já não fosse forte o suficiente, ela é antecipada. Podemos trilhar, a partir de agora, caminhos completamente diferentes, mas há de permanecer em um lugar bem bonito dentro de nós os amigos que fizemos.

Queremos aproveitar pelo maior tempo possível essa noite. Caio dá a ideia de vermos o sol nascer no parque da Praça Central. A maioria dos presentes fica bem animada, enquanto outros declinam a ideia por causa dos compromissos e afazeres do dia seguinte. Duda é um deles e começa a se despedir de todos. Ela se vira para mim e diz:

– Curta muito a comemoração, você merece.

– Obrigado. Como você vai embora?

– Pedi um táxi. Vou esperar lá fora. O ambiente aqui está muito quente. Você me faz companhia?

– Tudo bem.

Seguimos para fora do bar.

– É bom ver nossos amigos felizes. – Ela diz.

– Claro! É uma das coisas que faz tudo valer a pena. – Concordo.

– Você pensou sobre as desculpas?

– Sinceramente, não. E acho que não é o melhor momento para falarmos disso. Você entende?

– Sim. Desculpa ter perguntado.

– Não precisa se desculpar.

Paira um silêncio.

– Foi lindo ver você falando na cerimônia hoje.

– Obrigado. Tem hora que o coração decide falar.

– E não deveria ser sempre assim?

– Ainda não tenho uma opinião formada sobre isso. Às vezes, quando o coração fala, algumas pessoas usam isso contra a gente. Isso machuca. E é difícil ter certeza de quem é a pessoa que vai cuidar com carinho do que você sente quando você falar com o coração.

– Mas a culpa disso não é de quem fala o que sente. As pessoas oferecem aquilo que elas têm. Quando uma pessoa diz que gosta da gente, a gente precisa cuidar disso com muito carinho, porque o que ela sente pode ser tudo o que ela tem.

– E quando isso não acontece?

– Quando isso não acontece, seguimos o nosso caminho na certeza de que fomos o melhor que pudemos ser e de que a vida se encarrega das pessoas que ficaram para trás ferindo os outros. O mundo devolve para gente aquilo que a gente emana.

– A prática deveria ser tão fácil quanto a teoria.

– Nada é fácil, Pedro. Acho até bom que não seja. A sensação da vitória é agradável, mas não é menos difícil. Assim chegamos no final mais fortes do que nunca.

– Tinha me esquecido do tanto de coisa legal que mora nessa sua cabeça.

Duda ri.

O táxi chega.

Ela arqueia os braços para se despedir com um abraço.

Eu aceito.

Nos abraçamos e, ao final do abraço, ela se vira para um beijo na bochecha. Nossos lábios se encontram de raspão. Ela se afasta e me olha com um olhar que me reflete como se fosse um espelho. Eu fiquei paralisado. Foi como se o olhar da Medusa tivesse me petrificado. Em menos de um segundo, Duda avança e nossos lábios se tocam por completo. Nossas línguas se enroscam com força, com vontade, com saudade. Minhas mãos deslizam por entre seus cabelos, acompanhando os movimentos da sua cabeça.

O taxista buzina.

Ela se afasta ofegante e com o rosto avermelhado.

– Preciso ir. – Ela se vira e entra rapidamente no táxi.

Eu fico parado, perplexo, sem entender o que tinha acabado de acontecer.

Retorno para o bar.

Junto-me novamente aos meus amigos.

– Pedro, está tudo bem? – Otávio pergunta.

– Sim, está. – Respondo meio atordoado.

– Está mesmo? Você está com cara de assustado e meio surpreso. Na verdade, está bem engraçado, com o efeito do álcool te deixando em *slow motion*.

– A Duda me beijou.

– O quê? – Otávio arregala os olhos.

– Ela me beijou. – Digo mais alto e quase tomando a atenção do bar toda para mim.

– Como assim? O que aconteceu? Do nada?

– Não sei explicar. Fui esperar o táxi com ela. Estávamos conversando e, na hora da despedida, aconteceu.

– Como você se sente?

– Não faz pergunta difícil a essa hora, cara.

– Tudo bem. Vamos beber. – Ele dá um gole no copo de cerveja.

O restante da noite se esvai.

O dia começa a dar sinais de luz e seguimos para o parque antes que o sol nasça.

Chegamos a tempo. Somos cerca de quinze pessoas, contando com Caio, Paola e Otávio. Todos já bem maltrapilhos.

O dono do espetáculo acorda de bom humor e começa a nos atingir com sua luz em tons de laranja. É impossível assistir a esse espetáculo e não pensar na vida que acontece entre passado, presente e futuro. O passado é um grande professor que tem que ficar no seu lugar por excelência: lá atrás. O presente é o agora e é tudo o que temos para ser e estar. Se algo tão grandioso nasce todos os dias, apesar de tudo o que acontece, também podemos renascer todos os dias com a mesma intensidade e grandeza. Este é o futuro: renascer.

– Saltando de um abismo sem me preocupar com o que me espera lá embaixo. – Digo para o Otávio, que está a meu lado.

– Oi? – Ele questiona sem entender nada.

– Você me perguntou como eu me sentia depois que a Duda me beijou: "Saltando de um abismo sem me preocupar com o que me espera lá embaixo." É assim que me sinto.

– Dá uma coragem, não é?

– Uma coragem estranha. Parece que nada pode nos atingir.

O sol segue dando o seu espetáculo solo. As pessoas começam a se despedir e seguimos para nossas casas.

ESTEJA COM QUEM REPARA NOS SEUS DETALHES, ACEITA SUA BAGUNÇA E TE AJUDA COM ELA. ESTEJA COM QUEM OLHA NOS SEUS OLHOS E DIZ A VERDADE. COM QUEM TE ACHA INCRÍVEL E TE APOIA EM TUDO O QUE VOCÊ FAZ. PORQUE SE UMA PESSOA TE FAZ ACHAR QUE VOCÊ NÃO É BOA O BASTANTE PARA ELA, É ELA QUE NÃO É BOA O BASTANTE PARA VOCÊ.

@FERNANDOSUHET

NINGUÉM É OBRIGADO A TOLERAR O
QUE MACHUCA EM NOME DO AMOR.

———————

@fernandosuhet

XIII

Acordo inquieto.

Já é quase meio-dia. Checo o telefone: zero mensagens. Mais uma expectativa gerada. Poxa, nenhum bom-dia da Duda. Para não ficar pensando muito nisso, tomo uma ducha, como alguma coisa e decido ir à casa dos meus pais.

Dona Marta me recebe no portão e, enquanto entro, já vou perguntando:

– Mãe, teve notícias da Alice?

– Liguei várias vezes hoje e ela não atendeu.

– Ela disse o que tinha ontem?

– Não. Só disse que estava indisposta.

Nesse momento, ouvimos o portão da garagem se abrir. Meu pai entra com o carro.

– Que surpresa boa te ver, Pedro.

– E aí, pai? Dizer que é bom ver vocês é chover no molhado.

Ele ri.

– Está voltando da floricultura agora? – Pergunto.

– Sim, estou.

– Como foi o movimento hoje?

– Foi bom. Os negócios andam indo bem.

– Que bom, pai. Fico muito feliz.

– Pai, tem como me emprestar o carro? Estou querendo dar umas voltas para espairecer.

– Claro, Pedro. Aqui está a chave. Pode ir tranquilo.

– Valeu, pai.

Me despeço dos meus pais e começo a vagar pelas ruas da cidade.

Observar os movimentos da cidade é uma coisa boa, que faço para me conectar comigo e esquecer das inquietudes. Paro o carro em uma das ruas e ligo para Alice. Em vão. Então tenho a ideia de ir até a sua casa. Coloco uma música legal para tocar no rádio e me direciono até a autoestrada.

Pelo retrovisor, continuo observando os movimentos externos. Aqui dentro do carro meus pensamentos tentam acompanhar a correria do que acontece lá fora, mas sou impedido pela lembrança da noite anterior. "Será que ela vai mandar uma mensagem? Ou será que eu devo mandar? Mas vou mandar dizendo o quê?", esses questionamentos não saem da minha cabeça.

– Oi, Duda! Só queria dizer que adorei o beijo de ontem.

– Oi, Duda! Por que você me beijou daquele jeito? Fui pego de surpresa, mas foi legal.

– Oi, Duda! Só passei para dizer oi mesmo.

Ensaio várias alternativas e ocasiões, como um pré-adolescente que gosta da menina mais popular do colégio. A gente fica muito bobo quando alguém desperta algo em nós. Não sei se precisa ser amor ou paixão. A gente gosta, fica bobo e ponto. Sigo pela autoestrada tentando fugir desses pensamentos.

O tempo vai avançando e, entre retas e curvas, os quilômetros vão ficando para trás. Entro no condomínio onde Alice mora. Faz muito tempo que não venho aqui, o que me faz ficar perdido por entre as ruas. Depois de alguns minutos, consigo encontrar a rua onde Alice mora. Noto que algo estranho ocorre, há uma pequena aglomeração na rua. Estaciono o carro rapidamente e desço. Passo por entre as pessoas até chegar na frente da casa de Alice.

– Vagabunda! Vagabunda! Eu te avisei! Eu te avisei! – Diz a voz que vem de dentro da casa de Alice.

Meu coração dispara. Minha adrenalina sobe.

– Alguém chama a polícia. – Digo para as pessoas que estão paradas em frente à casa.

Corro até a porta e começo a esmurrá-la. Nada acontece. Vejo uma barra de ferro jogada perto da entrada. Tomo-a em minhas mãos e começo a acertar a maçaneta com toda a força que tenho. Começo a alternar a barra de ferro com golpes de chutes cada vez mais rápidos. Uma força sobrenatural parece tomar conta de mim. Em um último golpe, a porta despenca. Encontro Alice acuada no chão do canto da sala, com a cabeça entre as pernas. Roberto recua ao me ver. Ele aparenta certa embriaguez e porta um cinto nas mãos.

– Se afasta dela agora! – Grito para ele, apontando a barra de ferro que ainda está nas minhas mãos.

Ele recua mais um pouco.

Coloco-me entre ele e Alice, que chora muito ao perceber a minha presença.

– Eu nunca fui com a sua cara! – Digo.

A pele de Alice está toda marcada pelo cinto. Dois vizinhos entram e ficam na porta. Um deles diz que a polícia está chegando.

Ao ouvir isso, Roberto tenta sair de casa pela porta. Ele é impedido pelos dois, que o deitam no chão e o imobilizam.

– Alice, olhe para mim. – Me sento ao seu lado.

Ela chora copiosamente.

Me dirijo até a cozinha e pego um copo com água.

– Toma. Bebe.

Ela dá poucos goles na água, que pula do copo. Suas mãos estão trêmulas.

– Você precisa se levantar. Arruma suas coisas. Vou te levar para a casa dos nossos pais.

Nesse momento, penso que deveria avisar os nossos pais, mas rapidamente mudo de ideia. Só vou deixá-los preocupados com essa distância.

Ela silenciosamente se apoia em mim e se levanta. Nos dirigimos até o seu quarto. Alice se senta na cama e chora novamente. Tomo a liberdade de pegar uma mala e começo a colocar alguns de seus pertences e roupas.

A polícia chega.

– Você quem é? – Um policial se dirige a mim.

– Sou o irmão dela.

– O que houve?

– Cheguei aqui e tive que arrombar a porta porque esse sujeito aí estava alcoolizado e batendo nela com esse cinto que está jogado no chão.

– Há quanto tempo isso acontece?

– Não sei. Eu moro do outro lado da cidade e ela nunca se queixou de nada. Resolvi passar aqui hoje porque tínhamos um evento ontem e ela não apareceu.

– O cara lá de cima se manifesta de várias formas. Que bom que você apareceu. – O policial diz.

– Não sei nem o que dizer com isso tudo.

– Ela vai precisar ir até a delegacia com a gente para prestar depoimento.

– Tudo bem. Ela pode ir no meu carro? Vou acompanhá-la.

– Pode sim. E você, rapaz? O delegado vai adorar te conhecer.
– Diz o policial, arrastando Roberto até a viatura.

Retorno para o quarto.

– Alice, vamos precisar ir até a delegacia. Tudo bem?

Ela acena que sim com a cabeça.

– Onde estão seus documentos? – Pergunto.

Ela aponta para uma gaveta na cômoda que está no quarto.

Recolho os documentos e coloco as suas coisas no carro.

– Tem mais alguma coisa que você queira pegar? –Pergunto.

Ela acena que não com a cabeça.

Acompanho-a até o carro.

Agradeço aos dois vizinhos que impediram a fuga do Roberto:

– Obrigado pela força.

– Não há que de quê.

– Só mais uma coisa. Há quanto tempo isso acontece?

– Cara, já vimos alguns episódios, mas não sei te dizer quantos foram. Tínhamos medo. Esse cara ficou estranho. Bipolar.

– Tudo bem. – Agradeço mais uma vez e vou em direção ao carro, onde Alice já se encontra.

Seguimos para a delegacia escoltados por uma viatura.

Alice presta seu depoimento e seguimos para casa.

O som do carro não fala. Decido deixá-lo desligado e respeitar o silêncio da minha irmã. Esse silêncio se prolonga pelos primeiros quilômetros.

– Os roxos nas minhas pernas não eram dos móveis da casa.
– Ela decide falar.

Uma lágrima escorre no meu rosto. Tento disfarçar.

– Por que você não me disse nada?

– Eu o amava. Depois comecei a ter vergonha e medo. Cuidava de tudo e esqueci de me cuidar. Ele sempre dizia que eu não precisava me preocupar com nada, que ele me amava e que cuidaria de tudo, sempre, inclusive de mim. Mas o amor deu lugar à obsessão e à violência. Toda vez que ele dizia que me amava, tinha um "mas". Eu te amo, mas você deveria mudar essa roupa; eu te amo, mas você deveria cuidar melhor da casa; eu te amo, mas você precisa emagrecer. Quando ele fazia algo errado, de alguma forma eu achava que a culpa ainda era minha e sempre cedia. Acho que por isso, por uma falta de limites que eu não conseguia colocar, as coisas foram ficando do piores. Ele fazia piadas comigo. Quando estávamos só nos dois, ficava sempre mal-humorado. Me colocava sempre para baixo e nunca queria conversar para acertar algumas coisas. Até que o ciúme começou a ficar excessivo. Ontem à tarde, antes de irmos para a sua formatura, eu fui ao mercado comprar algumas coisas que estavam faltando. Então ele chegou em casa, não me encontrou e saiu pelas ruas a minha procura. O mercado foi o primeiro lugar aonde ele foi, sabe-se Deus por que motivo. Quando ele chegou, eu estava conversando com o gerente, questionando um preço que estava errado. Ele entrou, me puxou e disse para eu entrar no carro. Assim o fiz. Não deu tempo nem de pegar a compra que fiz. Ele veio em silêncio total até chegarmos em casa. Quando chegamos, disse que, por eu ter saído sem avisar, não iríamos na sua formatura. Para não causar problemas, liguei para a mãe e disse que não estava bem. Depois disso ele pegou meu telefone e disse que eu não iria mais falar com ninguém. Passou o restante do dia de ontem e de hoje bebendo. Quando fui pedir o telefone para ligar para a mãe, ele tirou o cinto e começou a me bater. Você me perdoa por não ter ido à formatura?

Nesse momento, já não consigo mais disfarçar as lágrimas que rolam pelo meu rosto.

– Você não precisa se desculpar, Alice. Não mesmo. Vou te levar para casa e vai ficar tudo bem. Amanhã bem cedo vou ao escritório do Sr. Zuba pedir a ele para entrar com uma medida protetiva. Esse cara nunca mais vai chegar perto de você.

Continuamos o caminho até a casa dos nossos pais em silêncio.

Quando entro com o carro na garagem, meus pais estão sentados na varanda. Logo olham, desconfiados. Desço do carro e abro a porta para ajudar Alice. Ela começa a descer e logo meu pai se assusta:

– O que houve? Por que você está toda marcada? O que houve? O que houve? Ela caiu? Você caiu, filha?

– Calma, pai. Está tudo bem. Alice precisa tomar um banho.

Minha mãe permanece em silêncio, como se já sentisse alguma coisa.

– Mãe, você pode acompanhá-la?

Ela acena que sim.

Enquanto minha mãe ajuda Alice com o banho, peço ao Seu Jorge que se sente no sofá da sala e começo a contar o ocorrido. Meu pai chora desesperadamente e eu tento acalmá-lo.

– O pior já passou, pai. Agora ela vai precisar muito da gente. E, olha, gostaria que não ficassem fazendo muitas perguntas a ela. Deixa ela falar quando quiser. Amanhã cedo irei até o escritório do Sr. Zuba e vou pedir que entre com uma medida protetiva.

Meu pai enxuga as lágrimas e me abraça.

Já no quarto onde dormia antes de sair de casa, Alice é cuidada pela nossa mãe, que lhe oferece um calmante. Ela pega no sono.

– Preciso ir para casa. Estou exausto e o coitado do Charlie pode estar com fome. Amanhã, depois de ir no escritório do Sr. Zuba, eu passo aqui para ver como ela está.

– Tudo bem, filho.

– Lembrem-se: deixem ela falar quando quiser. Quando se sentir à vontade.

Nos despedimos.

NÃO SOU PERFEITO. NA VERDADE, NINGUÉM É. ÀS VEZES ANSIOSO DEMAIS, ESTABANADO DEMAIS, INTENSO DEMAIS, QUERENDO URGÊNCIA EM TUDO. MAS OLHA, MEU BEM, A GENTE NÃO PRECISA SER PERFEITO PARA FAZER AS COISAS CERTAS. ESSE MUNDO ANDA MEIO ASSIM, SABE? CHEIO DE CORAÇÕES CALEJADOS, DE GENTE QUE SE CULPA POR ERROS QUE NUNCA FORAM SEUS E DE GENTE COM MEDO DE DAR MAIS UM PASSO. É TÃO BONITO QUANDO ALGUÉM CHEGA E, MESMO COM SEUS DEFEITOS, NOS AJUDA A CONSERTAR AS COISAS E NOS TIRA PARA DANÇAR. POR MAIS CHEIO DE ERROS QUE EU SEJA, NÃO SEI SER DO TIPO QUE TE DEIXA DANÇANDO SOZINHA. ENTÃO TE CONVIDO: DANÇA COMIGO NESSA LOUCURA QUE É SER EU?

@FERNANDOSUHET

> LIGO, MANDO MENSAGENS, DOU
> PRESENTES FORA DE HORA,
> DEMONSTRO, ME DOO, DIGO O
> QUANTO A PESSOA É IMPORTANTE E
> INCRÍVEL, FAÇO TUDO PARA VÊ-LA
> SORRIR. NÃO SEI FINGIR AFETO.
>
> ———
>
> @fernandosuhet

XIV

Volto para casa completamente exausto, tanto fisicamente quanto emocionalmente. Alimento o pobre do Charlie, que ficou quase o dia todo sozinho, e deito-me na cama. Adormeço sem perceber.

Acordo com a mesma roupa de ontem no corpo. O peso do cansaço ainda é presente. Espreguiço-me ainda na cama. Levanto-me, tomo o meu café, uma ducha, visto uma roupa confortável, faço um afago no Charlie como forma de desculpas por estar tão ausente e sigo para o escritório do Sr. Zuba.

Já no escritório, aguardo a chegada do Sr. Zuba conversando com os meus antigos colegas de trabalho. Não demora muito e ele aparece.

– Pedro, que surpresa boa. Veio nos fazer uma visita?

– Também, mas na verdade quero tratar de um assunto com o senhor.

– Venha até a minha sala, vamos.

Conto todo o ocorrido para o Sr. Zuba, que se solidariza. Ele é gentil ao dizer que vai entrar com o pedido e que eu não precisava me preocupar com os honorários. Agradeço-o com um demorado abraço.

Me despeço de todos no escritório e sigo para a casa dos meus pais para ver como está Alice.

Hoje meu coração está pequenino. Às vezes é difícil ser forte o tempo todo.

Ao chegar à casa dos meus pais, meu pai diz que Alice ainda está dormindo.

– Ela passou a noite bem? – Pergunto para a minha mãe.

– Passou sim. Acabei colocando um colchão no chão e dormindo no quarto com ela, que não acordou nenhuma vez na noite.

– Deve ser o efeito do calmante.

Fico de prosa com os meus pais para ver se ela acorda. O tempo passa e nada.

– Preciso voltar para casa. Tenho que ler algumas coisas para o exame da Ordem

– Foi bom você ter aparecido. Quando ela acordar, aviso que você passou por aqui. – Minha mãe diz.

– Tudo bem. Posso ir lá no quarto dela antes de ir?

– Claro, meu filho.

Vou até o quarto de Alice. Seu corpo está de lado sobre a cama. Uma das mãos está debaixo do travesseiro, enquanto a outra se apoia na lateral do seu corpo. As marcas são mais evidentes hoje do que ontem. Uma lágrima involuntária cai.

Vou até a sala da casa dos meus pais. Pego um pedaço de papel, uma caneta e escrevo um bilhete:

"Você é linda, você é forte, você é extraordinária, você é corajosa, você é incrível, você é especial, você vai conseguir, você vai vencer. Salve essas palavras. Um dia elas podem salvar você.

Assinado: Pedro."

Volto ao quarto e deixo o bilhete sobre a cômoda.

Me despeço dos meus pais e volto para casa.

Ao chegar, Charlie pula em cima de mim.

– Está protestando, amigão? Sei que estive ausente. Mas o mundo fora dessa porta está uma bagunça.

E, para piorar, nada da Duda.

Encaro o material de estudo para o exame da Ordem, mas o que eu quero mesmo é mandar um recado para o mundo:

"Queria te chamar pra sentar em um bar, olhar no seu olho e conversar. Mas você está sempre aí, ocupado, girando, mudando vidas, amores, levando e trazendo pessoas. Será que você pode girar e não levar mais aquele sorriso para longe daqui? E, quando você voltar, você pode me devolver a outra metade do beijo que aconteceu? Ah, e reserva um lugar bem legal aí. Quero guardar um certo alguém num lugar onde nada consiga machucá-la.

Quando eu estiver dentro daquele abraço, pode parar de girar. Avisa o tempo para ele parar. Sabe, mundo, você é grande, tem muitas distâncias. Mas aqui no meu coração, com essa coisa de sentir, tudo ainda está muito perto. Distância é só uma medida e minha vontade é muito maior. Sorte a minha, né?! Porque eu quero dar o meu melhor. Faz bem para mim e faz bem para alguém. Desde que eu cheguei aqui, aprendi que devo ser bom. Foi com você que aprendi isso, mundo. Devo ser quem eu sou e terei perto de mim quem realmente importa e quem realmente se importa. Porque eu me importo com tudo isso de querer cuidar e de querer o bem. Não deve ter nada de errado nisso.

Mundo, eu não acredito no seu fim. Mas, se em alguma hora você estiver planejando ter um fim, me avisa antes? Quero poder dar o último bom-dia. Assim... sem pressa, com a boca marcada de café e o coração marcado de bem-querer. Eu até gosto de você. Gosto de olhar para o seu teto de estrelas e de pisar no seu chão de oceanos. Eu até gosto de você. Gosto de olhar no seu rosto de estrelas e nos seus olhos de oceanos. Mas isso me lembra alguém. Hoje a saudade veio bater na minha porta. Não precisei perguntar quem era. Já sabia o seu nome."

O pensamento sai como uma oração atendida pelo universo.

O telefone toca. O visor indica Maria Eduarda.

Atendo:

– Oi, Pedro.

– Que coincidência. Lembrei-me de você agora pouco. Digo.

– Ah, é? E o que lembrou?

– Nada demais. É que o Charlie pulou em cima de mim do jeito que ele adorava fazer com você. – Minto e troco a saudade pelo pobre do Charlie.

Ela dá risada.

– Você está bem? – Ela pergunta.

– Mais ou menos.

– O que houve?

– Muita coisa acontecendo ao mesmo tempo.

– Quais coisas?

Fico sem silêncio.

– Entendi. Não quer falar ao telefone. – Ela diz.

– Talvez.

– É. Você sempre teve essa coisa do olho no olho. Que tal então uma volta pela Praça Central daqui a pouco?

– Pode ser.

– Você pode levar o Charlie?

– Posso. Ele vai gostar.

– Pode ser daqui a uma hora na praça?

– Combinado.

– Te vejo lá então. Beijo!

– Beijo.

Desligamos.

– Vamos passear, amigão? – Pelo balançar do rabo, Charlie já está bem animado.

Pego-o para colocar coleira e guia e seguimos lentamente até a Praça Central.

Como já era esperado, chegamos antes de Duda, que não demora e aponta em um dos cantos da praça. Ela traja um vestidinho branco básico, um tênis baixo e um batom bem claro. Seu rosto ilumina mais que o pôr-do-sol do parque.

– Acho que estamos encrencados, amigão. – Digo ao Charlie.

Ela se aproxima e diz:

– Ei!

– E aí?

– Ei, Charlie. – Ela passa a mão na cabeça do Charlie, que precisa ser controlado por mim para não acertar o vestido de Duda com seus pulos.

Ele está atônito como se eu tivesse lhe servido um banquete com filé mignon.

– Parece que ele não esqueceu de você.

– Parece que não mesmo. É incrível a memória olfativa dos cães. E como o Charlie é um supercão, a dele deve ser melhor ainda.

Charlie lambe as mãos de Duda como forma de agradecimento.

Ela assenta-se ao meu lado.

– E então, por que você está mais ou menos?

– Antes de entrarmos nesse assunto, preciso entrar em outro que me intriga.

– Qual?

– Aquele beijo.

Suas bochechas se avermelham minimamente.

– Imaginei que hoje também teríamos esse assunto, mas eu não sei explicar.

– Talvez agora você consiga. – Beijo-a novamente. Ela corresponde e ficamos ali por alguns minutos até o Charlie puxar a guia. Estraga prazeres.

– Agora você consegue?

– Ainda não. Tente mais uma vez.

Voltamos a nos beijar.

– Não precisamos de explicações. Vamos deixar acontecer. – Ela diz, interrompendo o beijo.

Na minha cabeça lateja a frase que Duda me disse no Bar do Gordo: "deixa o coração falar, deixa o coração falar." Então eu digo:

– Estou me sentindo melhor ao seu lado.

– Isso significa que você me desculpou?

– Não precisamos de desculpas. Vamos deixar acontecer.

Ela ri sem mostrar os dentes.

– Estou curiosa para saber o que houve que te deixou tão incomodado assim.

Começo a contar toda a história que aconteceu com Alice para Duda. Detalhe por detalhe. Ela fica chocada.

– Como Alice está agora? – Ela pergunta.

– Ainda não sei. Quando passei na casa dos meus pais pela manhã ela ainda estava dormindo.

– Você entende que ela vivia um relacionamento abusivo?

– Acho que sim. E o que você entende disso?

– A gente precisa se informar, Pedro. Muitas vezes falta de informação pode matar. O que aconteceu com Alice não é algo inédito e a gente tem a tola ilusão de que nunca vai acontecer com a gente ou com alguém próximo. Isso acontece a todo tempo, em todos os cantos do mundo. É uma situação que precisa ser tratada com seriedade. Por que os vizinhos dela não chamaram a polícia nos primeiros episódios ou no primeiro episódio?

– Não sei. Tiveram medo, talvez.

– E se tivesse acontecido algo pior com Alice? Será que eles conseguiriam carregar o peso na consciência de que aquilo poderia ter sido evitado? Qualquer tipo de maltrato deve ser exposto, deve ser denunciado. Seja com animais, crianças, idosos, mulheres.

Fico em silêncio.

– Alice vai precisar muito de você nesse momento. O abuso causa um golpe na autoestima da pessoa.

– É, eu sei. Vamos precisar ser fortes.

– Você é forte. Só está cansado.

A conversa se estende por um longo tempo. Duda fala com a propriedade de uma pessoa que luta por boas causas. Ouvi-la me traz conforto.

– Vamos dar uma volta? – Ela propõe.

Nos levantamos e ela estica o braço na intenção de darmos as mãos. Eu logo atendo sua ação e seguimos de mãos dadas pelas calçadas da praça, com o Charlie farejando a nossa frente. Parece cena desses filmes de romance que passam no horário da tarde. Em uma das casas próximas à praça, alguém escuta John Mayer no último volume.

– Quem é que escuta John Mayer alto assim? – Ela questiona.

– O que é bom precisa ser dito e gritado.

– Essa música a gente escuta só para gente, para refletir. A princípio, eu a amo.

– Também gosto dela. Se essa música fosse uma pessoa, eu queria que fosse você.

Ela dá uma pequena risada com os olhos e apoia a lateral da cabeça na lateral dos meus ombros.

Seguimos andando, conversando e sendo guiados pelo Charlie. A conversa flui como a tarde do dia. Quando dou por mim, estou na porta de casa.

– Quer entrar? – Pergunto.

– Preciso ir para casa. Tenho uma porção de coisas para fazer.

– Entendi. Como vai até lá?

– Vou caminhando mesmo. Aproveitar o fôlego.

– Você voltou a morar na mesma casa?

– Sim. Estamos na mesma casa.

Ela se despede com um pequeno beijo. O calor dos seus lábios nos meus permanece por um tempo. É estranha a sensação de que eu não preciso de mais nada.

QUANDO ALGUÉM SOME, INSISTIMOS EM ACREDITAR QUE É APENAS POR FALTA DE TEMPO. O TEMPO PASSA E A GENTE PERCEBE QUE NINGUÉM É TÃO OCUPADO ASSIM QUE NÃO POSSA RETRIBUIR O MÍNIMO DE CARINHO OU GENTILEZA.

@FERNANDOSUHET

IR EMBORA É MUITO MADURO.
IR EMBORA É SABER DA PRÓPRIA
IMPORTÂNCIA PARA SI MESMO. IR
EMBORA É UM ATO DE AMOR. SE
AME A PONTO DE SABER DESISTIR
DAQUILO QUE MACHUCA.

———

@fernandosuhet

XV

Passo o restante do dia estudando para o exame da Ordem enquanto Charlie dorme esparramado no chão da sala.

À noite ligo para minha mãe e pergunto como Alice está. Ela diz que foram ao médico e que, apesar de ainda estar um pouco calada, ela passa bem. Prometo que passarei para vê-la logo. Também ligo para Caio e Otávio para contar sobre a Duda. Caio fica entusiasmado, já Otávio acha que eu deveria manter os pés no chão. A gente sempre sonha em alcançar voos cada vez mais altos, e é impossível voar com os pés no chão.

Entre estudos e ligações, passam-se dois dias. Evito sair de casa para poder me dedicar com mais afinco às leituras do material para o exame da Ordem. Já faz dois dias desde a última vez que vi a Duda, então decido mandar uma mensagem:

"Ei! Estava pensando, que tal irmos ao parque amanhã? O Charlie adorou te ver aquele dia e disse que já está com saudades. Beijo!"

Envio.

Volto a me ocupar das leituras, mas não consigo evitar: olho o telefone de minuto em minuto. O dia vai chegando ao fim e nada. Decido ligar. O telefone chama sem parar. Nada também. "Ela disse que tinha uma porção de coisas para fazer. Deve ser isso.", penso comigo.

Os dias seguem numa sucessão de estudos, ligações e visitas a Alice. Agora já são cinco dias sem notícias da Duda. Começo a me preocupar.

Ligo para o Otávio.

– E aí, cara? – Ele atende.

– E aí? – Respondo.

– A Duda sumiu. Não responde às minhas mensagens e ligações. Estou preocupado, mas não quero parecer um chato insistente. O que eu faço?

– Já tentou ir até a casa dela?

– Ainda não. Não seria muito invasivo?

– Cara, depois de tudo o que vocês viveram no passado e meio que voltaram a viver de novo, acho que não. Espera mais alguns dias. Se ela não aparecer, eu, no seu lugar, iria até lá.

– Beleza! Valeu! – Me despeço.

Mil coisas começam a passar pela minha cabeça e um sentimento de angústia volta a morar no meu coração. Sua visita não é estranha. Ele já passou aqui vez ou outra. O que muda é só o tempo da estadia.

Agora somam-se dez dias.

Tento me preocupar com o exame da Ordem, mas a única coisa que eu me preocupo é com Duda. Me sinto egoísta. O mundo está meio bagunçado do lado de fora: desemprego, contas para pagar, casa para cuidar, exame da Ordem para fazer, preciso dar mais atenção para Alice e, no meio disso tudo, Duda é a única coisa na qual eu consigo pensar.

Decido dar um tempo nos estudos e vou ver Alice. Chegando à casa dos meus pais, encontro-a no quintal, plantando algumas mudas.

– O que está plantando?

– São girassóis. Acho que está faltando um pouco de cor nessa casa e eu gosto do sentido que os girassóis dão às nossas vidas.

– E qual é esse sentido?

– Os girassóis estão sempre acompanhando o sol. Eles sempre estão de frente para a luz. É o que nós, humanos, deveríamos fazer. Deveríamos deixar nossa escuridão para trás e ficar sempre de frente para a luz.

– Seu olho está com mais brilho. Talvez você esteja seguindo a luz.

Ela ri carinhosamente.

– E você, como está? – Ela pergunta.

– Vim aqui falar de você, não de mim. Como você está? – Devolvo a pergunta.

– Vou indo. Um dia de cada vez. Sem pressa. Respeitando o meu tempo e o meu momento.

– Que madura.

Ela ri novamente.

– Obrigada pelo bilhete. Me fez muito bem.

– Por nada.

– Quero saber como você está! Você viu que estou bem. – Ela se finge de brava.

– Não quero te amolar com meus problemas, Alice. Você precisa focar em você e só.

– Somos irmãos, Pedro. Somos um pelo outro. Mesmo se eu estivesse triste, encontraria uma forma de te ajudar.

Decido, então, contar para Alice toda a história que aconteceu com Duda desde a sua chegada, a conversa, o beijo e o sumiço. Ela escuta atentamente e, no final, fica em silêncio. O silêncio dura alguns minutos, até que ela diz:

– Quem te quer não te evita.

– Oi?

– Quem te quer atende às suas ligações. Quem te quer responde às suas mensagens. Quem te quer não te evita.

– Diz isso para o meu coração.

– Não se trata só do seu coração, Pedro. Sei que a gente não escolhe gostar de alguém, mas algumas pessoas nos mostram que não vale a pena gostar delas. A gente não escolhe gostar de alguém, mas pode escolher esquecer.

– Não sei o que fazer.

– Como você se sente em relação a isso?

– Sinto um aperto no peito. Uma sensação ruim.

– Então faça tudo o que você puder fazer para não se sentir assim, porque isso vai te matando cada dia um pouquinho mais.

Alice tem razão. Não posso perder mais tempo me sentindo assim.

Passo o restante do dia ajudando Alice com os plantios.

Volto para casa e, mais uma vez, tento ligar para Duda. Mais uma vez, em vão. Continuo os estudos para o exame.

Já se passou, agora, um total de quinze dias.

Acordo decidido e com coragem. Chega um momento em que você se cansa e não quer mais se doer. Você só quer se livrar daquilo que fincaram no seu peito. Ligo para Duda mais uma, duas, três, quatro vezes. Nada. Visto-me. Caminho até a sua casa e envio uma mensagem.

"Estou sentado em frente à sua casa, do outro lado da rua, e não saio daqui até você me dizer o que está acontecendo."

Passam-se uma, duas horas e, quando a terceira hora de espera estava quase se completando, uma sombra balança as cortinas da janela. Alguns minutos depois ela sai, atravessa a rua e se assenta ao meu lado.

– Seu pai foi transferido novamente? – Pergunto.

– Não. – Ela responde.

– O que houve, então? Mas, por favor, vá direto ao assunto.

– Sabe, Pedro, é ótimo estar com você, você é um cara incrível, mas da última vez que nos encontramos você me disse coisas tão legais que eu não soube como reagir. Nós tivemos uma história linda no passado, e dessa vez eu não sei. Eu senti que você está se envolvendo rápido demais e acho que não estou na mesma sintonia. Então me afastei.

– É muita hipocrisia a pessoa que disse que eu devo deixar o coração falar me dizendo que eu estou me envolvendo rápido demais.

– Mas nós combinamos de deixar acontecer.

– Para deixar acontecer não precisamos ser frios, não precisamos esconder nossas vontades, não precisamos nos segurar para não mandar uma mensagem ou fazer uma ligação, não precisamos nos calar para dizer que lembramos da pessoa ao ver algo de que ela gosta. Se você quer deixar acontecer escondendo os sentimentos e se segurando para não viver coisas legais, eu não vou. Eu não quero nada menos que o incrível. Você não aprendeu nada, não é, Maria Eduarda? Você acha que, sumindo, os problemas somem junto. Sumir não melhora nada, só piora. Não te custa nada chegar e dizer isso que você está sentindo. Você tem noção do quanto eu sofri nos últimos meses, quando você não estava? Não, você não tem! Mas não tem problema, eu já te perdi uma vez e consigo te perder de novo.

Ela olha fixamente para o chão.

– Quero te falar uma coisa. – Digo enquanto me levanto. – Nunca, mas nunca faça com alguém aquilo que você não gostaria que fizessem com você. O mesmo mundo que gira para mim vai girar para você também.

Viro as costas e saio andando.

– Pedro, espera! Pedro! – Ela grita.

Uma força dentro de mim me segura para não olhar para trás. Não quero carregar uma última lembrança do seu rosto. A gente precisa saber ir embora de histórias nas quais a gente já não cabe mais. Eu sei que vai doer. Sair de uma história sempre dói. Se foi hoje, não vai ser amanhã que vai passar. É um processo de um dia após o outro. Vai doer muito esse processo de sobreviver aos dias. Já passei por ele e preciso ser forte para passar novamente. Vai doer muito para um dia não doer mais.

NÃO POSSO ESCOLHER POR VOCÊ. EU VOU CONTINUAR SENDO A MESMA PESSOA PARA QUEM VAI ENTRAR NA MINHA VIDA HOJE OU PARA QUEM VAI ENTRAR AMANHÃ. O AMOR E A GENTILEZA QUE MORAM AQUI NUNCA ESTARÃO FORA DE MODA. MAS EU NÃO POSSO ESCOLHER POR VOCÊ. SÓ POSSO (E SEMPRE VOU) ESCOLHER CUIDAR DO MEU CORAÇÃO PARA QUE ELE VIVA EM PAZ. VOCÊ ESCOLHEU NÃO ME TER POR PERTO. E EU ESCOLHI NÃO INSISTIR NISSO.

@FERNANDOSUHET

> AS PESSOAS SEMPRE DÃO SINAIS.
> UMA MENSAGEM NÃO RESPONDIDA,
> UMA LIGAÇÃO NÃO ATENDIDA E
> NÃO RETORNADA, UMA RESPOSTA
> CURTA QUE BEIRA O SILÊNCIO.
> É A GENTE QUE FINGE NÃO VER.
> _____
>
> @fernandosuhet

XVI

Mesmo sabendo da dor que me espera, ela é inevitável. Começo a me culpar por todas as mensagens e todas as ligações enviadas para a pessoa a quem eu daria o mundo, mas que só tinha uma gota a me oferecer. Quem disse que homem não chora mentiu. A sensação de impotência causada pela rejeição dói. Me questiono, questiono os céus, questiono a vida: "Onde foi que eu errei? Por que tem que ser assim? Por que as pessoas agem assim, sem consideração nenhuma pelo sentimento do outro?" Está tudo errado. Tudo, agora, são porquês e mais porquês. De novo. É difícil aceitar quando uma pessoa te ajuda, te diz palavras de conforto e depois age com zero responsabilidade afetiva.

Deito-me na cama e ali permaneço.

Por horas.

Por dias.

Por dois meses.

Me desliguei do mundo que acontece fora da porta da minha casa.

Não tenho fome, não tenho sede, não tenho vontades, não atendo ninguém, não quero ver ninguém.

Mas isso não dura o tempo que eu desejo. Queria que durasse anos, que eu passasse anos sem ver a cara de ninguém. Alguém bate incansavelmente à porta.

"Não vou atender. Não quero ver ninguém.", penso.

A pessoa não desiste e bate cada vez mais forte. Enrolo as cobertas no meu corpo e vou atender. Abro a porta. É o Otávio:

– Porra, Pedro! Estou tentando fazer contato com você faz meses. Está todo mundo preocupado. Só não vim aqui com a polícia derrubar essa porta porque fui até a casa dos seus pais e sua irmã disse que tem falado com você e que você precisava de um tempo. Pela sua cara, nem preciso perguntar o que aconteceu.

Fecho a porta e me dirijo para a cama enquanto Otávio resmunga. Deito-me novamente e cubro a cabeça.

– Você pode agir como adulto? – Ele pergunta.

Descubro a cabeça e respondo:

– Adultos não podem ficar tristes e não querer conversar? – Saudades de quando minha tristeza era quando minha mãe não me deixava sair para jogar bola me castigando por eu não ter feito o dever de casa.

– Mas você vai conversar, sim. Olha só para você, parece que não toma banho há pelo menos uns cinco dias.

– Três. – Corrijo.

– Você já se olhou no espelho?

– Não tive tempo. Tinha muito o que fazer aqui na cama.

– Pois você vai olhar agora! – Ele retira o espelho dependurado sobre a cômoda e aponta para mim. – Olha! Você tem noção de quantos quilos você perdeu?

– Eu não perdi nada. Eles que perderam essa pessoa incrível que eu sou.

– Ótimo! Por que essa pessoa incrível não se levanta e vai tomar um banho?

– Essa pessoa está sofrendo. Uma dor precisa ser sentida para ser esquecida.

– Se você não lutar para essa dor ser esquecida, ela nunca será. – Você está ao menos cuidando do Charlie?

– Estou.

– Quando é seu exame da Ordem?

– Não sei.

Otávio se dirige para o calendário fixado na geladeira e encontra uma marcação que eu tinha feito indicando o dia da prova.

– Cara, só faltam alguns dias. – Você tem estudado?

– Não peguei em nenhum material depois que saí da rua da casa da Duda. Sinto como se eu tivesse oferecido o mar, ela tivesse me oferecido uma gota e eu tivesse pulado de ponta.

– Então por que você não pega esse mar, essa vontade toda de fazê-la feliz e coloca dentro de você?

– Não consigo.

– Não faz isso com você, Pedro. Olha o tanto de vida você tem pela frente. Não destrua tudo o que você conquistou com muito esforço por causa de uma pessoa. As pessoas passam pelas nossas vidas e deixam sempre uma lição, algo para aprendermos. Mas o importante não são as pessoas que vêm e vão. O importante são as pessoas que ficam, e você é uma delas.

Fico em silêncio.

– Promete que vai ao menos tentar? Eu sei que é difícil, cara. Mas você precisa tentar. Você precisa reagir.

– Prometo.

– Tudo bem. Agora preciso ir. Tenho umas coisas para resolver.

– Será que você pode ficar com o Charlie por uns dias?

– Claro. Bom que ele me faz companhia.

– A coleira e a guia dele ficam numa caixa na área de tanque.

Otávio equipa o Charlie e eles se vão.

Começo a alternar entre a cama e a poltrona da sala, com os olhos arregalados encarando o nada.

Passam-se mais e mais dias.

Ainda não é inverno, mas o vento frio lá fora bate na janela com a força de quem tem algo a dizer. Sem a presença do Charlie, já faz algum tempo que durmo e acordo sozinho, cercado por paredes de concreto e olhando para um teto que mais parece alguém apontando os meus erros. A solidão me visitou e me abraçou, conversamos por horas como dois amigos que não se viam há muito tempo. Solidão é uma coisa estranha. Aqui fora está tudo cheio – as vozes, as flores, as risadas, as amizades –, mas aqui dentro o vazio é ensurdecedor. Só que, para preencher o vazio de dentro, o que procuro não está do lado de fora. Os dias voam e eu não pude reparar no quanto a solidão e o pensamento em quem não soube nos valorizar roubam o nosso tempo. Na mesma hora em que dá vontade de ficar longe, quieto, com o coração pequenino, enjaulado em grades invisíveis, dá vontade de correr, de gritar e de procurar respostas cujas perguntas eu sequer sei. Muitas pessoas passaram por aqui durante esse tempo: meu pai, minha mãe, meus amigos e até Alice. Trouxeram todo o tipo de coisas. Mas não trouxeram a cura para esse sentimento que a solidão trouxe em um embrulho não tão bonito.

A solidão assusta, mas ela também ensina. É uma chance de se encontrar consigo mesmo, de se conectar com o interior, de se conhecer melhor, de saber o que vale a pena e de ser a melhor companhia para si mesmo. A solidão é uma oportunidade de conhecer esse vazio interno e de arrumar a casa. A paz interior é a melhor aliada para enfrentar qualquer guerra.

Um certo alguém nunca deixou de me visitar enquanto eu estive só. E esse alguém sempre me diz coisas boas sobre a vida e me dá forças para poder seguir. Me ensinou que o que vem de fora vem para somar, e não para preencher o vazio de dentro. Me ensinou também que a solidão é um processo de autoconhecimento e crescimento. Às vezes você tem que se levantar sozinho e seguir em frente. Esse alguém é feliz, tão feliz que, às vezes, também se esquece de que uma hora vai sentir sentimentos ruins.

Mesmo com uma certa insônia e com os olhos já cansados de ficar encarando o nada e pensando em uma pessoa que não quis somar a tudo o que eu quis oferecer, eu decido tentar dormir e me dar a chance de sonhar com algo bom. E esse alguém que esteve o tempo todo aqui, me observando na poltrona, decide me acompanhar. Ele tem um sorriso tímido no rosto, no qual se enxerga que as dificuldades da vida, apesar de muitas, nunca foram o bastante para assustar aquele coração. Ao me olhar no espelho para escovar os dentes, me reconheço. Esse alguém sou eu.

Não posso me apegar a uma história bonita do passado, também não posso viver em função de perguntar por que a Duda simplesmente sumiu e não teve vontade de lutar. Reciprocidade não é algo que a gente cobra e responsabilidade afetiva não deveria ser uma qualidade, deveria ser uma obrigação.

A ficha começa a cair.

Otávio tinha razão, eu preciso tentar. Eu preciso reagir. Se eu não der o primeiro passo; se eu não pegar o primeiro impulso para sair desse buraco, ninguém vai fazer isso por mim. A vida não termina quando alguém me vira as costas. A vida termina quando eu começo a dar valor demais para isso.

Adormeço.

VOCÊ NÃO CAUSA MAIS NENHUMA LÁGRIMA NESTE ROSTO, MAIS NENHUM MAL NESTE CORPO E MAIS NENHUM CAOS NESTA VIDA.

@FERNANDOSUHET

QUANDO VOCÊ OLHA PARA UMA MARCA
QUE ALGUÉM DEIXOU NA SUA VIDA E
SORRI PORQUE NÃO DÓI MAIS, PARABÉNS.
VOCÊ CONSEGUIU SEGUIR EM FRENTE.

———

@fernandosuhet

XVII

Tento fazer os dias não passarem mais em vão. Tiro forças nem que seja do canto mais esquecido de dentro do meu corpo para ocupar a minha cabeça. Volto a ler os materiais para o exame da Ordem, mesmo faltando poucos dias para a prova da primeira etapa, busco o Charlie para me fazer companhia, visito frequentemente a casa dos meus pais e toda vez que penso em fraquejar ligo para os meus amigos e vamos para uma noite que sempre termina em cervejas e risadas no Bar do Gordo. Há coisas que machucam. Toda vez que coloco a cabeça no travesseiro e durmo, essas coisas também adormecem. Toda vez que acordo, essas coisas passam a machucar um pouco menos. Venço essa batalha todos os dias porque agora durmo e acordo na certeza de que nada se compara ao que está por vir. E é isso que a gente precisa fazer: acreditar que algo bom nos espera. Nós merecemos.

A vida vai acontecendo. Um dia após o outro. Um passo um pouco mais longe da dor que fincaram no meu peito. Mesmo que seja um passo pequeno, ele é importante. Mesmo pequeno, ele é uma distância a mais para longe do que me atrasa.

O meu maior pedido de desculpas é para mim mesmo, por achar que era errado me importar demais, ser intenso demais, me preocupar demais e me doar demais. O meu maior pedido de desculpas é para mim mesmo, para quando me senti um lixo por ter ligado ou mandado mensagem, por ter confessado saudade, por ter deixado o coração falar quando o mundo inteiro diz que a gente não deve fazer isso. Não me culpo mais por ter sido apenas eu mesmo.

Ocupo os espaços da falta com o amor mais bonito que eu conheci: o próprio. Já não tenho muito tempo para lembrar-me do que me deixa triste. Encaro os estudos para o exame da Ordem dos Advogados com seriedade. Preciso investir em mim. Não posso desistir dos meus sonhos e objetivos por causa de uma pessoa. Minhas preocupações agora são outras, entre elas a de conseguir pagar o aluguel da casa no final do mês. A vida é assim mesmo, chega e arranca seus pedaços sem sequer pedir licença. Mas o que me faz cair só me deixa mais forte para lutar. Vou continuar levantando-me e tentando até a vida entender que eu não vou desistir. Estou disposto a aceitar o fracasso das minhas tentativas, mas não a ideia de não ter tentado alcançar os meus sonhos. Os meus sonhos não são negociáveis.

Chega o dia da primeira etapa do exame da Ordem. Faço a prova com muita atenção e cautela, mas o medo se faz presente. Perdi muito tempo inerte, insistindo em coisas que não vieram para somar na minha vida, quando devia estar insistindo e investindo em mim. Se algo der errado, talvez eu nunca me perdoe. Ao sair da sala do prédio onde são realizadas as provas, um informativo fixado na parede informa que o resultado preliminar da primeira fase sai daqui a dez dias.

Volto para casa e o medo ainda me faz companhia. É ruim quando você está ciente de que poderia ter se esforçado mais, estudado mais e se dedicado mais. Se isso tivesse acontecido, e se mesmo assim algo desse errado, pelo menos eu teria a tranquilidade (ou ao menos o consolo) de ter dado tudo de mim. Além da companhia do medo de que algo desse errado com o exame da Ordem, tenho outra preocupação. Agora sem emprego e sem faculdade, tenho mais tempo para pensar no que eu sei que não devo. É nessa hora que os nossos demônios adoram aparecer para nos oferecer um copo de veneno. Penso em já começar a procurar emprego pelo menos para ocupar a cabeça e parte das horas do dia. Mas e se eu não passar nas duas etapas do exame da Ordem? Não poderei atuar como advogado e esse seria um esforço vão. Droga de situação. Começo a pensar demais e, quando a gente começa a pensar demais, uma hora a gente necessariamente pensa alguma merda. Os dias da semana se arrastam. Cada dia parece durar um ano inteiro. Mas esse ano não foi tão legal assim comigo. Tento permanecer fora de casa pelo maior tempo que consigo. Visito meus amigos, faço caminhadas com o Charlie, converso com estranhos na rua, ajudo uma pessoa aqui e outra ali, mas sempre tem aquele minuto, ou até mesmo aquele milésimo de segundo, em que acontece alguma coisa que te lembra algo ou alguém que você não quer lembrar. É muito difícil essa coisa de esquecer alguém quando o universo decide querer te testar. Mas saiba, universo, que eu não vou desistir. Agora eu só quero ao meu lado alguém que esteja disposto a limpar as lágrimas dos momentos ruins ao invés de simplesmente sumir e fingir que não tem nada acontecendo. Quero alguém que leve nossas vidas aos trancos e barrancos, mas que não fique parado esperando nossa história passar em branco. Alguém que não me tire o que tenho de mais importante: o meu coração carregado de sonhos.

Mais uma semana de sobrevivência aos dias se passa e é chegado o dia do resultado da primeira fase do exame da Ordem. Acordo cedo de uma noite mal-dormida em que oscilei entre ansiedade e medo. Parece que abro o laptop sem sequer abrir primeiro os olhos. Começo a digitar o endereço eletrônico do portal. Erro várias vezes, culpando meus dedos, que dançam tremendo sobre as teclas. Com inveja dos meus dedos, minhas pernas também param de responder às minhas vontades.

– Calma, Pedro. Respira. – Digo para mim mesmo.

Faço um exercício de respiração durante alguns minutos e coloco-me na frente do laptop mais uma vez. Dessa vez meus dedos me obedecem um pouco mais e consigo terminar de digitar o endereço eletrônico. A página demora para carregar o mesmo tempo que o Charlie fica sem tomar banho: uma eternidade. Atualizo-a várias vezes. Com muito custo ela se abre. E com muito custo eu consigo levar a seta do mouse ao link de download da lista de aprovados. Faço o download. Abro o arquivo. Meu dedo indicador começa a percorrer a tela do laptop em sentido vertical. A cada nome pelo qual meu dedo passa, meu coração acelera. Encontro: "Pedro Lacerda". Meu coração quase sai pela boca. Meu dedo começa a percorrer o sentido horizontal até estacionar em cima da palavra que mais me deu medo nos últimos dias. Resultado: "Aprovado".

Meu corpo parece soltar fogos de artifício por dentro. Agora só falta mais uma etapa. Aquela criança que, anos atrás, sonhava com isso vibra junto comigo aqui dentro. Nada como uma conquista para a gente se sentir vivo.

Chega o final do mês e, com ele, a chance mínima de eu conseguir arcar com o aluguel da casa. Mas eu não estou sozinho. Nunca estive. Eu só estava olhando para o lado errado, mirando nas pessoas erradas.

Faço uma ligação:

– Oi, pai. Tudo bem?

– Oi, meu filho. É sempre bom falar com você. E você? Como está?

– Bem também. Pai, é o seguinte...

Conto para ele todo o lance do aluguel da casa.

– De quanto você precisa? – Ele pergunta.

– Não, pai. Eu pensei em outra coisa. Queria saber se posso voltar a morar com vocês.

– Poxa, Pedro. A casa é sua. Vamos adorar ter você por lá. Tenho certeza de que Alice vai ficar muito feliz.

– Também quero trabalhar com você na floricultura em uma parte do dia como forma de pagamento. Na outra parte do dia vou procurar emprego.

– Você sabe que não precisa, Pedro.

– Pai, por favor. Eu quero trabalhar lá.

– Tudo bem.

Não tenha orgulho de pedir nada para sua família. Eles são os primeiros amigos que a vida te deu.

A GENTE AMADURECE, A ALMA FICA LEVE E A GENTE PARA DE ACEITAR MENOS DO QUE MERECE. O PASSADO JÁ NÃO INCOMODA E ESSE SORRISO ESTAMPADO NA CARA É A CERTEZA DE UM BONITO AGORA. O QUE TE FERIU JÁ NÃO TEM MAIS O MESMO PESO QUE TINHA ANTES NA SUA VIDA. O CORAÇÃO ACORDA, RESPIRA, TIRA FÉRIAS E VAI FAZER AQUELA VIAGEM QUE VOCÊS TANTO PLANEJARAM. SER FELIZ É O QUE IMPORTA.

@FERNANDOSUHET

COLOCA O CORAÇÃO NA MOCHILA.
VESTE O MELHOR SORRISO,
VAI CONHECER NOSSOS LUGARES
NOVAS PESSOAS E ABRAÇAR
NOVAS OPORTUNIDADES.
VAI LÁ FAZER O QUE VOCÊ SEMPRE QUIS.
VAI SER FELIZ.
E NÃO VOLTA.

———————

@fernandosuhet

XVIII

Faz um mês que eu e Charlie nos mudamos para a casa dos meus pais. Tinha me esquecido de como é bom me sentir querido por eles. Trabalho duro aqui na floricultura e a demanda tem aumentado bastante. Meu pai insiste em me pagar pelo serviço. Mas eu recuso. Já ando dando despesas demais em casa. Não acho justo.

Depois do trabalho na floricultura, continuo tentando empregos em escritórios de advocacia que estejam dispostos a aceitar um quase advogado, nem que seja para tirar xerox e fazer o café.

Os meus amigos vão bem. Otávio segue ansioso para se formar. Caio anda se especializando em preparação física para atletas de alto rendimento e já faz planos junto com a Paola. Continuamos nos esbarrando sempre por aí. Fico feliz que meus amigos estejam bem. Quando você fica feliz pelo sucesso dos seus amigos, você aprendeu grande parte do que precisa saber na vida.

– Pedro! Seu telefone está tocando aqui dentro. – Meu pai grita do fundo da loja.

Corro até lá.

Atendo:

– Alô.

– Pedro, é o Zuba. Rapaz, você não sabe a dificuldade que estou tendo de falar com você hoje.

– Desculpe, Sr. Zuba. Não estava próximo ao telefone.

– Você pode dar um pulo aqui daqui a pouco? Preciso falar com você.

– Aconteceu alguma coisa, Sr. Zuba?

– Venha rápido. – Ele diz.

Meu coração fica inquieto. Termino minhas tarefas e aviso ao meu pai que preciso sair. Corro o mais rápido que posso até o escritório do Sr. Zuba.

Ao chegar, sou recepcionado pela Marcela, a secretária.

– O Sr. Zuba já está te esperando na sala dele.

– Ferrou! – Penso comigo.

– Oi, Sr. Zuba. – Digo ao entrar na sala.

– Sente-se. – Ele parece querer ir direto ao assunto.

– Você se lembra do Júlio, que trabalha aqui conosco?

– Lembro sim. Ele está bem? O que houve?

– Calma, Pedro. Está tudo bem.

– É que ele vai se mudar. Então estamos abrindo vaga para um advogado. Gostaria de saber se você não gostaria de se juntar à gente.

– Mas eu ainda preciso fazer a prova da segunda etapa da Ordem dos Advogados, Sr. Zuba. Não posso preencher a vaga de um advogado.

– Rapaz, deixa que nisso eu dou um jeito. Você fica aqui organizando processos, auxiliando nas petições etc. Ter mais essa prática jurídica vai te ajudar muito na segunda fase da prova.

As lágrimas rolam. Levanto-me para abraçar o Sr. Zuba, que retribui o meu carinho.

– Mas tem uma única condição.

– Qual?

– Aquele café maravilhoso continua por sua conta.

– Combinado.

– Sr. Zuba! – Digo chamando a sua atenção.

– Diga, Pedro.

– Não vou decepcioná-lo. Vou honrar essa oportunidade que o senhor está me dando. Vou lutar com todas as minhas forças para passar na segunda etapa do exame da Ordem.

– Eu sei que vai. A derrota nunca te coube.

As palavras do Sr. Zuba me enchem de um misto coragem, ânimo e esperança. É isso: a derrota não me cabe.

Despeço-me.

Volto para casa já no final do dia e conto a novidade para todos. Abraçamo-nos, felizes.

– Vamos comemorar! – Meu pai diz.

– Vamos! Mas depois de comemorar eu vou entrar dentro do meu quarto para estudar e só saio de lá para ir trabalhar no escritório do Sr. Zuba e aprender mais com ele. Prometi que vou dar o meu melhor para passar na segunda etapa do exame da Ordem. Não quero e não vou decepcioná-lo. – Respondo a meu pai, que tem um brilho de orgulho nos olhos.

A noite é bonita.

Alice assenta-se na varanda e começa a admirar as estrelas. Assento-me ao lado dela.

– A vida é muito louca. – Ela diz.

– Por quê? – Pergunto.

– Anos atrás eu e você ficávamos aqui fazendo isso que estamos fazendo agora. Olha onde estamos novamente. Na mesma casa, com nossos pais.

– Estou feliz de estar aqui. De todos os lugares no mundo, esse aqui é o único onde eu tenho certeza que quero estar.

Ela abre um pequeno sorriso.

– Quero te contar uma coisa. – Ela diz.

– Conta!

– Me inscrevi em um curso de moda em um projeto social.

– Poxa, Alice! Que incrível isso. Você não tem noção do quanto estou feliz de te ver seguir. É tudo uma fase. Uma transição. Curte o seu casulo. Curte a sua metamorfose. Amadurecer é um caminho solitário e bonito. Se cuida. Também estaremos aqui para te ajudar com o que você precisar. Seja sempre o melhor que puder. Principalmente com você. Quando for tempo de esticar as asas, não vai ter voo mais bonito que o seu.

Nos damos um demorado abraço.

– Seu telefone apitou. – Ela diz ao final do abraço.

Pego e telefone para checar. É uma mensagem. O conteúdo diz apenas: "Saudade". Olhei o nome da pessoa que enviou e dei um sorriso bobo.

– Por que você está sorrindo feito bobo? – Ela pergunta.

Mostro a mensagem para ela, que lê:

"Contato: Duda

Mensagem: Saudades."

– Foi o nome ou o conteúdo da mensagem que te fez sorrir feito bobo?

– Não é por esse motivo que você está pensando. – Sorrio mais uma vez, apagando a mensagem. O que eu errei ontem, não quero errar hoje.

A mensagem chegou. Mas, ao contrário das outras vezes, dessa vez o estômago não embrulhou e as mãos não tremeram. É tão bom quando o universo te manda um sinal de que você esqueceu alguém.

Quando ela decidiu dar uma volta pelo mundo, eu fiquei aqui e fiz da ausência a minha companhia. Aprendi a sobreviver na saudade. Estou abraçando as oportunidades que a vida me dá e já não tenho muito tempo para lembranças. Parece que a vida quer novamente testar um momento de fraqueza com essa mensagem. Eu até poderia responder, mas hoje não. É que eu estou por aí, muito ocupado, vivendo. E não foram as coisas que mudaram. Sou eu que agora só enxergo amor onde vale a pena.

POSFÁCIO

Agora estamos eu e você sentados em uma das mesas do Bar do Gordo e eu gostaria de te dar um conselho:

Respeite os seus pais, eles só querem o melhor para você. Diga aos seus irmãos que você os ama, eles são os primeiros amigos que a vida te deu. Valorize e cultive outros amigos, você vai precisar ter para quem ligar quando seu dia estiver uma porcaria. Não vire as costas para ninguém. Não queira para o outro aquilo que você não quer para si. Se uma pessoa é importante para você, conte isso para ela e não a perca por uma briga boba: onde existe orgulho não cabe amor. Não desperdice tempo com o que te faz mal. Em todas as despedidas de alguém que não quer ficar, escolha sempre ficar do seu próprio lado. Não tenha medo de falar o que você sente, não caia nessa regra de que só é forte quem esconde o sentimento: forte é quem grita seu amor para o mundo. Amar é para quem tem coragem. Não carregue sentimentos pesados. Perdoe. Todo mundo erra, o mundo já é muito cruel, não faça parte disso. Não brinque com os sentimentos de ninguém: o que uma pessoa sente pode ser tudo o que ela tem e o mundo vai girar para você também. Não deixe para reconhecer o valor de uma pessoa só quando ela for embora. Não julgue as pessoas. Faça um trabalho social. Peça desculpas sempre que necessário. Depressão é coisa séria. Não durma brigado com uma pessoa ansiosa. Não deixe de sorrir. O mundo muda, mas a vida não para e alguém sempre fica um pouco mais feliz quando você sorri. Seja luz na escuridão de alguém. Não sinta raiva do mundo porque as coisas não saíram como você planejou. Dê sempre o seu melhor, mesmo que isso te parta ao meio. Mais conversas e menos caras fechadas. Se você tem algo para dizer ou demonstrar para alguém, faça-o agora, daqui a pouco pode ser tarde demais.

@FERNANDOSUHET